dtv

Reihe Hanser

Mikael Engström

KASPAR, OPA UND DER SCHNEEMENSCH

Aus dem Schwedischen von
Birgitta Kicherer

Mit Illustrationen von
Peter Schössow

dtv

Ausführliche Informationen über
unsere Autoren und Bücher
www.dtv.de

Mikael Engström in der *Reihe Hanser:*
»Brando – Irgendwas ist immer« (dtv 62245)
»Ihr kriegt mich nicht« (dtv 62492)
»Kaspar, Opa und der Monsterhecht (dtv 64014)

Deutsche Erstausgabe 2016
2016 dtv Verlagsgesellschaft mbH & Co. KG, München

Titel der Originalausgabe:
›Kaspar, Atomragnar och Snömannen‹
(Rabén & Sjögren, Stockholm 2001)
Published by arrangement with Rabén & Sjögren Agency

Umschlagillustration und -gestaltung: Peter Schössow
Gesetzt aus der Bembo 13/16'
Satz: Druckerei C.H.Beck, Nördlingen
Druck und Bindung: GGP Media GmbH, Pößneck
Gedruckt auf säurefreiem, chlorfrei gebleichtem Papier
Printed in Germany · ISBN 943-3-423-64023-7

Ein Brief aus Stockholm

Kaspar hatte Weihnachtsferien. Vor dem Küchenfenster schwebten ein paar verirrte Schneeflocken herab. Das Thermometer zeigte zweiundzwanzig Grad minus. Kaspar und Großvater saßen am Küchentisch und schnitzten Holzpferdchen. Der ganze Küchenboden war von gekräuselten Holzspänen bedeckt, und auf dem Tisch standen die fertigen Exemplare. Kaspar konnte schon recht gut schnitzen. Trotzdem war Großvater viel schneller. Bis Kaspar vier Pferdchen geschnitzt hatte, waren es bei Großvater zehn. Mit den Holzpferdchen bestritt Großvater ihren Lebensunterhalt.

Großvater war ein herzensguter Mensch und sah auch herzensgut aus. Er hatte seine Kappe auf, die vorn am Schirm, wo er sie beim Auf- und Absetzen anfasste, braun war wie Schnupftabak. Unterm Mützenrand quollen seine Haare hervor wie graues Moos. Er hatte eine ziemlich große, ziemlich runde Nase und freundliche Augen, die manchmal etwas bekümmert dreinblickten.

In der Küche herrschte ein Durcheinander, bei dessen Anblick jede einigermaßen ordnungsliebende Person der Schlag getroffen hätte. Sowieso sah sie eher wie eine Werkstatt aus. Keine einzige Topfpflanze befand sich darin, es gab keine Vorhänge, und die Deckenlampe bestand aus einer nackten Glühbirne ohne Schirm. Es war lange her, seit eine Frau in diesem Haus das Sagen gehabt hatte, das war deutlich zu sehen und zu spüren.

»So, das sind genug für heute«, sagte Großvater. »Zeit für eine kleine Stärkung. Hinterher fahren wir zum Laden, verkaufen unsere Rösser und besorgen uns Bier, Schnupftabak und Orangenlimo.«

Großvater kochte Elchgulasch. Sie aßen schon den ganzen Herbst und Winter Elchgulasch, wenigstens kam es Kaspar so vor. Großvater hatte den Elch selbst erlegt, obwohl er eigentlich gar nicht jagen durfte. Der Wald und alles Land rings ums Dorf gehörten nämlich dem reichen Åhman, und der pirschte wie ein Bluthund durch die Gegend und bewachte jeden einzelnen Baum, jeden Elch und Hasen, jeden Pilz, jede Heidelbeere und jede Preiselbeere. Trotzdem war es Großvater gelungen, einen von Åhmans Elchen zu schießen. An einem schönen Herbstmorgen hatte das Tier plötzlich im Garten gestanden und überreife Äpfel gefuttert, und Großvater hatte aus dem Küchenfenster geschossen. Åhman war in Rage geraten und hatte die Polizei verständigt. Das sei *sein* Elch, hatte er gewettert, und niemand dürfe sich unterstehen, seine Elche zu schießen. Doch dann stellte sich heraus, dass der Elch ja auf Großvaters Grundstück gestanden hatte, und darum hatte er nicht mehr Åhman gehört, sondern ihm. Alles war rechtens gewesen, und Åhman hatte noch mehr gewettert und geschäumt vor Wut.

Von diesem Elch hatten sie also den ganzen Herbst gelebt. Es war nur ein Elchkalb gewesen, aber in Großvaters Erzählungen war daraus nach und nach ein gewaltiger Siebzehnender geworden. Normalerweise war Großvater kein Aufschneider. Es war nur die Genugtuung, einen von Åhmans Elchen erwischt zu haben, die ihm ein bisschen zu Kopf gestiegen war.

Nach dem Essen gab Kaspar die Reste von dem Elchgulasch seiner Katze zu fressen. Das heißt, eigentlich wusste er gar nicht so genau, ob es *seine*

Katze war. Er hatte sie eines Tages auf dem Steinhaufen bei den Briefkästen gefunden, und im Dorf hatte niemand gewusst, wo sie hergekommen war. Sie hieß auch nur Katze. Es war schwierig, ihr einen Namen zu geben, wo sie einfach so aufgetaucht war und Kaspar nicht mal wusste, ob sie ihm wirklich gehörte. Vielleicht hatte sie schon einen Namen, da konnte man ihr ja keinen neuen geben. Die Katze ließ ihr Futter stehen. Sie hatte Elchgulasch inzwischen auch satt.

Kaspar und Großvater fuhren mit dem Tretschlitten zu Atom-Ragnars Dorfladen. Kaspar saß vorne auf dem Sitz und hielt eine große Kiste voller Pferdchen auf dem Schoß, während Großvater hinten auf den Kufen stand und den Schlitten vorantrat. Der Schneepflug hatte die Straße frisch geräumt und für eine feste Schneedecke gesorgt. Links und rechts an den Straßenrändern ragten Schneewälle in die Höhe. Der Tretschlitten glitt leicht dahin. Alle Häuser im Dorf waren rot mit weißen Ecken und hockten jetzt im Winter wie aufgeplusterte Dompfaffen im Schnee. Aus sämtlichen Schornsteinen stieg Rauch auf, nur aus einem nicht: dem von Isabell. Ihr Häuschen lag oben im Wald, und aus ihrem Schornstein kam nicht mal der allerdünnste Rauchfaden.

Das machte Großvater Sorgen. Vielleicht hatte Isabell kein Brennholz mehr. Sie war eine krumme Alte, die glaubte, die Welt werde demnächst untergehen, und da dachte sie natürlich nicht an so irdische Dinge wie Brennholz. Das mussten andere Leute im Dorf für sie übernehmen.

»Nachher bringen wir ihr Holz vorbei«, sagte Großvater und trat den Schlitten noch energischer voran.

Die Katze lief ihnen hinterher, aber nur bis zu den Briefkästen, dort hüpfte sie auf den schneebedeckten Steinhaufen. Weiter kam sie nie mit. Dort blieb sie sitzen und wartete, kohlrabenschwarz, mit leuchtend gelben Augen. Es sah aus, als hielte sie Wache. Sie war eine ganz besondere Katze.

Atom-Ragnar hatte seinen Laden weihnachtlich geschmückt. Im Schaufenster hingen ein paar blasse Strohsterne, und die Fensterrahmen waren mit Watte dekoriert, aber das war wohl vor allem gegen die kalte Zugluft gedacht.

Kaspar und Großvater stampften sich auf der Treppe den Schnee von den Füßen und traten ein. Ein Duft nach Würsten, gekochtem Schinken, Nelken und Pfefferkuchen erfüllte den Laden. In der Weihnachtszeit lud Atom-Ragnar seine Kunden zu Glühwein ein, der allerdings stark mit Wasser verdünnt war. Atom-Ragnar war das große Geschäftsgenie des Dorfes. Sein Lebenszweck war es, aus allem Geld zu machen, und Atom-Ragnar wurde er genannt, weil er nicht an Atome glaubte. Er schrieb regelmäßig Leserbriefe an die Lokalzeitung und erklärte, Atome gebe es gar nicht. Großvater verkaufte ihm seine Holzpferdchen, obwohl die Leute im Dorf behaupteten, Atom-Ragnar ziehe ihn über den Tisch und verkaufe die Pferdchen hinterher viel teurer an die neuen Bemaler im Nachbardorf, wo sie bunt angepinselt wurden. Aber darüber mochte Großvater sich nicht den Kopf zerbrechen, schließlich hatte er sein Auskommen. Und jedes Mal ins Nachbardorf fahren, um seine Pferdchen zu verkaufen, das mochte er auch nicht. Er hatte Besseres zu tun.

Atom-Ragnar stand hinterm Ladentisch und blätterte in einer Zeitschrift. Als die Ladentür plingplong machte und Kundschaft hereinkam, sah er auf und lächelte breit. Weihnachten war eine schöne Zeit für ihn. Die Leute kauften viel ein, und er verdiente gut. Aber als er sah, um wen es sich bei der neuen Kundschaft handelte, erlosch sein Lächeln wieder. Großvater und Kaspar gehörten nicht zu der Sorte Kunden, an der man gut verdiente. Trotzdem bekam Großvater einen Becher wässrigen Glühwein und Kaspar einen zähen

Pfefferkuchen. Dann vertiefte sich Atom-Ragnar wieder in seine Zeitschrift.

»Was liest du da?«, fragte Großvater.

»Eine neue Zeitschrift«, erklärte Atom-Ragnar. »Was ganz Modernes, mit farbigen Bildern und allem. Hab sie heute frisch reinbekommen. *Welt der Wissenschaft* heißt sie, aber von so was hast du sowieso keine Ahnung.«

Er hielt die Zeitschrift hoch. Der Umschlag zeigte einen unnatürlich großen Affen, der auf einem verschneiten Berg einherstapfte. Der Affe hatte riesige Füße und fletschte in einem boshaften Grinsen die Zähne.

»Da steht ein langer Artikel über den Schneemenschen drin, sogar mit Bildern.«

»Den Schneemenschen?«, wunderte sich Großvater.

Kaspar wunderte sich auch. Was war denn ein Schneemensch? Ein lebendiger Schneemann, oder was?

»Big Foot«, sagte Atom-Ragnar. »Den kennt doch jeder. Lebt im Himalaya, eine Mischung aus Mensch und Affe. Genauer gesagt, das fehlende Glied zwischen den beiden. Er ist drei Meter groß und wiegt fast zweihundert Kilo. Man nennt ihn auch Yeti. Sagt bloß, von dem habt ihr noch nie was gehört?«

»Nein«, sagte Großvater.

»Hätt ich mir denken können«, sagte Atom-Ragnar. »Die Wissenschaft ist nun mal nicht jedermanns Sache. Den meisten ist sie zu hoch.«

Er schlug den Artikel auf und fuhr fort: »Das hier ist ein Foto von seinen Fußabdrücken, groß wie Klodeckel, mindestens Schuhgröße sechsundfünfzig. Und hier ein Bild von der Expedition, die das Ungeheuer fast eingefangen hätte. Oder hier: Das ist ein norwegischer Uransucher, der dem Schneemenschen 1948 im Himalaya begegnet ist. Seht ihr die Verletzungen? Der Schneemensch hat ihn in die Schulter gebissen, und er hat es mit knapper Not überlebt.«

»So ein Quatsch!«, sagte Großvater.

Aber Kaspar fand die Geschichte aufregend.

»Es gibt *Beweise* für seine Existenz«, sagte Atom-Ragnar und zeigte auf ein Foto, das angeblich einen echten Big Foot zeigte.

»Wo soll da ein halber Affe sein?«, fragte Großvater und beugte sich über das Bild. »Ich seh nur irgendwas Verschwommenes in einem Gestöber von weiß der Kuckuck was. Das könnte genauso gut eine Wollmaus unter meiner Küchenbank sein.«

»Siehst du ihn wirklich nicht?«, sagte Atom-Ragnar. »Da! Das ist doch eindeutig ein Big Foot, klar und deutlich!«

»*Ich* seh ihn«, sagte Kaspar.

Wenigstens glaubte er ihn zu sehen. Doch, da war ganz bestimmt was. Eine Gestalt. Eine unheimliche Gestalt in einem Schneegestöber. Ist doch klar, dachte Kaspar, dass sich so ein einmaliges Wesen nicht ohne Weiteres fotografieren lässt.

»Jeder sieht, was er sehen will«, sagte Großvater, der für Verrücktheiten wie Schneemenschen, Seeungeheuer und all so was nichts übrighatte. Er wollte seine Holzpferdchen gegen Bier, Schnupftabak und andere lebensnotwendige Dinge eintauschen und nicht herumstehen und Unsinn reden.

Atom-Ragnar schob die Zeitschrift unter den Ladentisch und sagte: »Jedenfalls ist es wissenschaftlich bewiesen, dass er irgendwo im Himalaya lebt.«

Davon war Kaspar inzwischen auch überzeugt.

»Ich brauche Schnupftabak, Bier und Orangenlimo für den Jungen.«

»Und wie wär's mit einem Los?«, fragte Atom-Ragnar. »Bei der Weihnachtslotterie des Sportvereins gibt's lauter prima Preise. Eine Fräse, ein Fahrrad und eine Motorsäge. Alles erstklassige Qualität.«

Die Gewinne standen schon in einer Ecke des Ladens, schön präsentiert, um den Losverkauf in Schwung zu bringen.

»Ich glaub nicht an Lotterien«, sagte Großvater.

»Bitte!«, sagte Kaspar. »Nur ein einziges Los!«

»Ich sag doch, ich glaub nicht dran.«

»Du glaubst scheinbar an gar nichts«, sagte Kaspar.

»Was soll ich denn mit einer Motorsäge? Zum Sägen bräuchte ich ja erst mal Bäume. Und ein Fahrrad hab ich schon«, brummte Großvater.

»Bitte! Nur eins!«

Kaspar sah Großvater an.

Und Großvater gab nach. Er kaufte ein Los und knurrte: »Von mir aus. Ist ja bloß einmal im Jahr Weihnachten.«

Genau da machte die Türglocke pling-plong, und Frau Åhman betrat den Laden.

Sofort setzte Atom-Ragnar ein Lächeln auf, dass nicht viel fehlte, und sein ganzes Gesicht hätte sich umgestülpt.

Frau Åhman trug ihren teuersten Pelzmantel und einen seltsamen braunen Hut, der an einen zusammengeringelten Aal erinnerte. Sie roch stark nach Rosenseife. Frau Åhman hielt sich für was ganz Besonderes und streckte immer die Nase in die Höhe, als wäre die Luft dort oben vornehmer und ihrer eher würdig als die weiter unten. Denn eigentlich war Frau Åhman viel zu fein für dieses Dorf, das hatte sie selbst schon mal verkündet.

Großvater konnte Frau Åhman nur schwer ertragen. Dennoch grüßte er sie höflich. Alles andere lohnte sich gar nicht.

»Und der Junge grüßt *nicht*?«, sagte Frau Åhman mit strengem Blick auf Kaspar.

Der starrte tatsächlich nur Frau Åhmans Pelz an und dachte dabei an den Schneemenschen. Er hörte nichts, in seinem ganzen Kopf war nur noch der Schneemensch.

»Wirst du wohl höflich grüßen!«, zischte Frau Åhman und beugte sich zu Kaspar hinunter, der von ihrem Rosenduft fast ohnmächtig wurde.

Großvater starrte an die Decke und stieß einen tiefen Seufzer aus.

»Äh, hallo«, sagte Kaspar.

»Zu einer Dame sagt man nicht ›Hallo‹«, sagte Frau Åhman. »›Guten Tag, Frau Åhman!‹, heißt das. Bringt dir denn gar niemand bei, was sich gehört?«

»Guten Tag, Frau Åhman!«, sagte Kaspar.

Danach wandte sich Frau Åhman Atom-Ragnar zu, damit er sein übliches »Guten Tag, Frau Åhman, Sie sehen heute wieder entzückend aus!« zwitschern konnte.

»Guten Tag, Frau Åhman, Sie sehen heute wieder entzückend aus!«, zwitscherte Atom-Ragnar wie erwartet, lächelte und verbeugte sich so tief, dass er mit der Stirn gegen die Ladenkasse schlug.

»Und wo ist der werte Herr Gemahl, wenn man fragen darf?«

»Im Wald unterwegs, um aufzupassen.«

»Um aufzupassen?«

»Auf Weihnachtsbaumdiebe«, erklärte Frau Åhman und sah dabei Großvater an.

»Ja, ja«, sagte Großvater. »Hab schon gehört, dass wieder große Banden unterwegs sind. Die kommen mit Lastwagen und Motorsägen und räumen den ganzen Wald leer.«

»Banden?«, fragte Frau Åhman.

»Ja, sicher. Die verkaufen die Bäume dann an die feinen Damen in Stockholm und kassieren noch für das mickrigste Tännchen zweihundert Kronen.«

»In unserem Wald sind noch nie irgendwelche Banden unterwegs gewesen«, sagte Frau Åhman und warf den Kopf in den Nacken, dass der braune Aal auf ihrem Kopf nur so zitterte. »Ich weiß schon, wer in unserem Wald Weihnachtsbäume stiehlt. Und eines schönen Tages wird derjenige auch erwischt!«

»Glauben Sie etwa, jemand aus dem Dorf würde Bäume aus Åhmans Wald stehlen? Nie im Leben!«, sagte Großvater. »Das sind Banden aus der Stadt.«

»Jemand aus dem Dorf, genau davon rede ich!«, sagte Frau Åhman so heftig, dass ihr fast der Aal vom Kopf fiel.

Dann kaufte sie Sülze, Pastete, Würste und Weihnachtsschinken ein. Sie bekam von allem das Beste. Wie üblich hatte es Atom-Ragnar schon für sie beiseitegelegt. Bei ihm gab es immer eine erste und eine zweite Wahl. Leute wie Åhmans bekamen die erste und Leute wie Großvater die zweite. Nicht alle im Dorf waren gleich.

Kaspar wurde es von dem Rosenduft schwindelig, darum ging er schon mal auf die Treppe hinaus. Es hatte aufgehört zu schneien. Der Himmel war leuchtend blau. Kaspar starrte auf das frostige Treppengeländer. Es war aus Eisen, und eine unerklärliche Kraft brachte Kaspar dazu, die Zunge herauszustrecken und sich langsam nach vorn zu beugen. Die Kraft war unwiderstehlich. Er hielt die Zunge ans Geländer.

Als Großvater herauskam, klebte Kaspar fest.

»Hijfe, meije Funge häng feff!«

»Nicht schon wieder!«, sagte Großvater müde. »Du weißt doch, dass die Zunge am kalten Metall festfriert.«

Frau Åhman kam heraus und verabschiedete sich.

»Auf Wiedersehen, Frau Åhman!«, sagte Großvater.

»Auf Wijefehn, Fau Amal!«, sagte Kaspar mit seiner festgefrorenen Zunge.

»Ich heiße nicht Amal! Kannst du nicht mal ordentlich sprechen?« Frau Åhman drehte sich zu Großvater um und fuhr fort: »Der Bengel ist unverschämt, unbegabt und ungezogen. Aber ich weiß, wem er nachschlägt. Oh ja, ich weiß genau, von wem er das hat! Für solche Kinder gibt es Heime, wo sie Zucht und Ordnung lernen. In so ein Heim gehört der Junge, damit Sie's wissen!«

Damit stieg sie auf ihren Tretschlitten und kurvte mit Karacho davon.

Großvater ging zu Atom-Ragnar in den Laden und holte einen halben Eimer warmes Wasser, das er über dem Geländer auskippte.

»In ein Heim?«, fragte Kaspar, als seine Zunge wieder befreit war. »Was hat sie damit gemeint?«

»Ach, unwichtig. Außerdem *haben* wir ein Heim. Wir haben ein schönes eigenes Zuhause und kommen gut alleine klar. Diese Åhman mischt sich in Sachen ein, die sie einen feuchten Kehricht angehen.«

Sie luden ihre Einkäufe auf den Tretschlitten und machten sich auf den Heimweg. Diesmal durfte Kaspar vor Großvater auf den Kufen stehen. Auf dem Schlittensitz stand die Kiste mit Orangenlimo, Bier und Schnupftabak. Ringsum war alles still. Die dicke Schneedecke dämpfte alle Geräusche. Nur das leise Klappern der Bierflaschen war zu hören.

»Was meinst du, Opa, gibt's bei uns hier auch einen Schneemenschen?«

»Wir brauchen keinen Schneemenschen«, sagte Großvater. »Jedenfalls nicht, solange wir Frau Åhman haben.«

»Aber die ist doch kein Schneemensch«, wandte Kaspar ein.

»Stimmt, aber sie ist mindestens genauso abscheulich.«

Auf dem Steinhaufen bei den Briefkästen wartete die Katze. Kaspar fing sie ein und setzte sie zu den Einkäufen in die Kiste auf dem Schlittensitz, während Großvater in seinem Briefkasten nach Post schaute. Tatsächlich, da lag ein Brief. Das war sehr ungewöhnlich. »Stockholm« stand auf dem Stempel. Großvater drehte den Brief erstaunt in den Händen.

Und plötzlich kam Åhman auf Skiern vorbeigebrettert.

»Guten Tag!«, grüßte Großvater.

»Baumdiebe!«, schrie Åhman.

»Wo denn?«, schrie Großvater hinter ihm her.

»Überall, überall!«, schrie Åhman und verschwand im Wald.

Großvater sah Kaspar an.

»So ein Hornochse. Na, dieses Jahr werden wir ihn ordentlich hinters Licht führen.«

Zu Hause nahm Großvater am Küchentisch Platz, setzte seine Brille auf und öffnete den Brief.

»Von wem ist er?«, fragte Kaspar neugierig.

Großvater las und murmelte dabei leise vor sich hin. Aber dann wurde er plötzlich laut.

»Um Himmels willen, nein! Nicht *sie*!«

»Was ist? Wen meinst du?«

»Weihnachten ist im Eimer«, sagte Großvater.

»Aber es hat doch noch gar nicht angefangen«, sagte Kaspar.

»Karin kommt uns besuchen«, sagte Großvater. »Sie schreibt, sie kommt am Donnerstag vor Heiligabend und bleibt über Weihnachten hier.«

Tante Karin also, dachte Kaspar, Großvaters Schwester. Die hatte er schon lange nicht mehr getroffen. Er konnte sich kaum an sie erinnern und wusste nur, dass sie mal eine Erscheinung gehabt hatte. Sie hatte einen Engel gesehen, und der hatte mit ihr gesprochen. Seit jenem Tag war Tante Karin eine andere. Kaspar kannte sonst keinen Menschen, der eine Erscheinung gehabt hatte.

»Sie hat ein großes Gepäckstück als Frachtgut vorausgeschickt, das sollen wir am Bahnhof abholen. Es kann jeden Tag ankommen.«

»Frachtgut?«

»So nennt man ein großes Paket.«

»Ein großes Paket für uns?«, fragte Kaspar neugierig. »Wirklich? Was ist es denn? Steht das auch in dem Brief?«

»Nein. Keine Ahnung, was es ist.«

Ein spurloses Gespenst

Kaspar und Großvater fuhren mit dem Tretschlitten durch den Wald, um Isabell Holz zu bringen, damit sie nicht erfrieren musste. Als sie bei Isabells verfallenem Häuschen ankamen, wurde es schon dunkel, dabei war es noch mitten am Nachmittag. Von Isabells uraltem Häuschen hieß es, es sei das älteste im ganzen Dorf. Und soweit Kaspar wusste, hatte Isabell schon immer dort gewohnt. Also war sie womöglich älter als das Dorf selbst. Vielleicht ist sie so alt wie die Welt, überlegte Kaspar. Seit Jahren redete Isabell davon, dass die Welt demnächst untergehen werde, davon war sie felsenfest überzeugt. Sie sagte sogar jedes Mal den Tag voraus, nur war es dann nie passiert. Darum verschob sie den Tag des Untergangs immer wieder in die Zukunft, und irgendwann hatte sogar Kaspar an ihren Prophezeiungen zu zweifeln begonnen.

Großvater und Kaspar trugen das Holz ins Haus, ohne anzuklopfen. Sie schienen tatsächlich im letzten Moment gekommen zu sein, denn das ganze Haus war eiskalt. Drinnen war es genauso eisig wie draußen. Isabell saß in ihrem schwarzen Schaukelstuhl und redete auf die Besucher ein.

»Nun geht die Zeit zu Ende. Es wird kein neues Jahr geben. Ich habe eine Botschaft erhalten, dass die Geister der Unterwelt die Herrschaft übernehmen. Die Engel des Himmels werden ihrer nicht Herr. Es gibt kein neues Jahr. Dieses Jahr wird das letzte gewesen sein.«

Kaspar fand Isabells Reden immer ganz unheimlich. Sie machten ihm Angst.

Aber Großvater sagte nur: »Oh nein, meine Liebe. Du wirst dich wohl oder übel noch ein weiteres Jahr plagen müssen.«

Isabell selbst war genauso unheimlich wie ihre Reden, ihr ganzes Häuschen war so. Kaspar schaute sich um. Alles war grau oder schwarz, dunkel und düster. Nur wenige Möbelstücke standen verloren im Zimmer: eine Kommode, ein zerbrochener Hocker, ein Tisch mit einem Sprung. Würde sich eine bunte Plastikschüssel hierher verirren, würde sie vor Schreck gleich wieder rausrennen, überlegte Kaspar. Auch Isabell selbst war grau und ihr Gesicht vom Alter fast durchsichtig, so als wäre sie kaum noch da.

Großvater heizte ordentlich ein und ermahnte Isabell, den Herd nicht ausgehen zu lassen, damit sie nicht erfror. Er versprach, bald noch mehr Holz vorbeizubringen, aber Isabell sagte nur:

»Die Geister der Unterwelt haben sich schon zu uns heraufgeschlichen. Ich höre sie jede Nacht. Sie schleichen um Haus und Hof.«

Kaspar begann zu zittern. Vielleicht vor Kälte, vielleicht aber auch, weil ihm unheimlich war.

Als sie von Isabell zurückfuhren, stieg aus allen Schornsteinen des Dorfes Rauch auf. So sollte es sein, Großvater war zufrieden. Aber er wusste auch, dass das Holz, das sie Isabell gebracht hatten, nicht lange reichen würde. Man würde Isabells Schornstein im Auge behalten müssen. Kaspar saß jetzt wieder auf dem Sitz des Tretschlittens. Auf dem Hinweg hatten sie darauf das Holz transportiert, und er hatte vor Großvater auf den Kufen gestanden.

Kaspar glaubte kein bisschen, dass die Welt vor Neujahr unterging. Er sah zu den Sternen hinauf. Der Große Wagen wanderte übers Himmelsgewölbe.

Plötzlich hielt Großvater an und deutete in den

Wald, aus dem ein Hase hervorgehoppelt kam. Er war weiß, darum waren nur die schwarzen Ohrenspitzen und die glänzenden schwarzen Augen zu sehen.

»Ist er nicht schön!«, flüsterte Großvater. »Weiß wie Schnee. Das ist sein Winterpelz, damit der Fuchs und die anderen Raubtiere ihn nicht sehen. Im Sommer wird er wieder braun.«

Dann hörten sie lautes Geschrei.

»He, hallo, ihr da, stehen bleiben!«

Der Hase erschrak, hoppelte davon und verschwand.

Es war Åhman, der auf seinen Skiern angerutscht kam.

»Baumdiebe«, keuchte er. »Habt ihr irgendwelche Baumdiebe gesehen?«

»Oh ja«, sagte Großvater. »Eine ganze Bande. Sie sind mit dem Lastwagen da und haben Motorsägen dabei. Die Bäume verkaufen sie dann an die feinen Damen in der Stadt, für zweihundert Kronen das Stück!«

»Was? Wo? Wo stecken die Halunken?«

Åhman schaute wild um sich.

»Beim Garberg hinten. Da räumen sie dir den Wald leer.«

»Ha, das werden wir ja sehen, verdammt und zugenäht noch mal!«

Åhman düste schwer atmend in Richtung Garberg davon, und sie hörten ihn noch lange fluchen.

»Na wartet, Halunken, ich geb euch, den Wald leer räumen! Na wartet, Halunken …«

Als sie nach Hause kamen, saß Lisa auf der Treppe und wartete auf Kaspar.

Lisa war etwas älter als er. Sie hatte lange kastanienbraune Haare und große dunkle Augen, in die man ihr tunlichst nicht zu lange schauen sollte, das war nämlich lebensgefährlich. Kaspar sah Lisa nie länger als zehn Sekunden in die Augen. Allerhöchstens zehn Sekunden. Danach stieg ein angenehmes Gefühl von Lebensgefahr in ihm auf, und seine Wangen wurden heiß. Lisa selbst lächelte nur und konnte Kaspars Blick beliebig lange festhalten. Das war ja das Gefährliche. Irgendwie war es, als würde man in ihre Augen hineinfallen. Wenigstens kam es Kaspar so vor. Und jedenfalls riskierte man, dass einem schwindelig wurde und man umkippte. Sehr seltsam, aber sonst war nichts an ihr auszusetzen.

»Hallo!«, sagte Lisa.

»Glaubst du an den Schneemenschen?«, fragte Kaspar.

»Nein, sollte ich das?«

»Also, *ich* glaub an den Schneemenschen«, sagte Kaspar.

Kaspar und Lisa verbrachten jeden Abend in Großvaters Tischlerschuppen, wo sie im Licht einer Petroleumlampe Weihnachtsböckchen aus Stroh bastelten. Das war Lisas Idee. Die Böckchen konnte man dann im Dorf verkaufen und damit Geld für Weihnachten verdienen. Bisher hatten sie allerdings noch kein Geld verdient. Und eigentlich bastelten sie die Böckchen auch nicht aus Stroh, sondern aus Heu, das sie sich aus einer von Åhmans Scheunen besorgt hatten. Kaspar hatte schon zehn Stück gemacht. Man brauchte bloß das Heu zusammenzubündeln und mit roter Schnur zu umwickeln. Das einzige Problem war, dass nicht alle Böckchen auch wie Böckchen aussahen. Manche erinnerten eher an Schweinchen. Aber Lisa meinte, Heuschweinchen ließen sich bestimmt genauso gut verkaufen wie Böckchen. Das Schwein habe schließlich auch was mit Weihnachten zu tun.

»Ich mach heute lieber einen Schneemenschen«, sagte Kaspar und nahm ein großes Büschel Heu.

»Das gibt höchstens einen Heumann«, sagte Lisa.

Als der Heumann fast fertig war, hörten sie plötzlich, dass jemand um den Schuppen herumging. Kaspar schaute aus der Tür, sah aber nichts. Da war niemand. Es war ganz still, und der Schnee lag blauweiß in der Dunkelheit. Die Sterne funkelten am Himmel. Seltsam.

»Wer ist da?«, fragte Lisa.

»Niemand«, sagte Kaspar und schloss die Tür.

Doch schon waren die Schritte wieder zu hören. Jemand ging um den Schuppen herum. Kaspar und Lisa standen stocksteif da und starrten einander an, bis das Geräusch der Schritte verstummte.

Lisa flüsterte: »Wer kann das sein?«

Diesmal ging Kaspar hinaus. Der Schnee lag unberührt da, nirgends waren Fußspuren zu sehen.

»Keine Spuren«, sagte Kaspar und ging wieder hinein.

»Es muss aber jemand da gewesen sein. Das heißt, wenn es kein Gesp …«

Jetzt hörten sie die Schritte wieder, und diesmal gingen sie genau am Fenster vorbei. Kaspar kletterte auf die Hobelbank und schaute hinaus.

»Da ist niemand«, flüsterte er.

»Unmöglich«, sagte Lisa.

Das Geräusch der Schritte verstummte. Die Sache war echt unheimlich.

Schnell hüpfte Kaspar von der Hobelbank und stieß dabei an Großvaters Rechen und Spaten, die von der Decke herabhingen.

Und genau da stürzte sich ein riesenhaftes zottiges Monster von einem Regalbrett knapp unterm Dach auf Kaspar herunter und hielt ihn fest umklammert. Kaspar schrie unter den Zotteln hervor:

»DER SCHNEEMENSCH!«

Aber die Zotteln rührten sich nicht.

Es war kein Monster, sondern nur das Fell von Großvaters Elch.

Lisa lachte, bis sie sich den Bauch halten musste. Doch plötzlich waren die Schritte wieder zu hören, und ihr verging das Lachen. Die Schritte kamen von hinter der Tür. Lisa riss sie auf, und es war wieder still. Draußen war nichts, nur Winternacht, dunkel und sternenklar über einer hellblau funkelnden Schneedecke.

Kaspar fürchtete sich ein bisschen, aber das wollte er Lisa nicht zeigen. Sie war sowieso viel mutiger als er.

»Hast du Angst vor Gespenstern?«, fragte sie.

»Nein, bloß manchmal irgendwie. So wie jetzt, wenn man sie nicht sehen kann.«

»Gespenster kann man meistens nicht sehen.«

»Stimmt«, sagte Kaspar. »Aber das hier kann man *hören*. Komm, wir reden mit Großvater drüber!«

»Ich hab, glaub ich, keine Angst«, sagte Lisa.

Aber genau da ging das mit den Schritten wieder los. Kaspar und Lisa stürzten aus dem Schuppen und rannten zu Großvater ins Haus. Er saß in der Küche und schnitzte Pferdchen.

»Im Schuppen spukt's«, verkündete Kaspar.

»Was? Na, das kann ich mir kaum vorstellen«, sagte Großvater.

»Doch, wirklich«, sagte Lisa. »Aber nicht direkt drinnen im Schuppen, sondern drum herum. Irgendwas geht immer um den Schuppen, ohne Spuren zu hinterlassen.«

»Vielleicht der Weihnachtsmann«, sagte Großvater.

»So ein Quatsch!«, sagte Lisa. »Wir glauben doch nicht mehr an den Weihnachtsmann.«

»Aber an Gespenster glaubt ihr?«, sagte Großvater und sah die beiden über den Brillenrand hinweg an.

Kaspar und Lisa schwiegen eine Weile. Das Ganze war irgendwie kompliziert.

»Auf jeden Fall glaub ich lieber an Gespenster als an den Weihnachtsmann«, sagte Lisa. »Wenn ich schon an irgendwas glauben soll.«

»Ich auch«, sagte Kaspar.

»Ich lebe jetzt seit siebzig Jahren und habe noch nie ein Gespenst gesehen oder gehört. Übrigens auch keinen echten Weihnachtsmann. Für alles gibt es eine Erklärung.«

»Aber wir haben's doch gehört«, sagte Kaspar. »Wir haben die Schritte ganz deutlich gehört!«

»Dann war's wohl doch der Weihnachtsmann«, sagte Großvater. »Der übt schon mal für Weihnachten, wie er kleine Kinder erschrecken kann.«

»Aber es ist wahr, da war was«, sagte Kaspar. »Du musst mit in den Schuppen kommen und es dir anhören.«

Großvater kam mit, und alle drei saßen lange da, ohne den geringsten Laut zu hören.

»Vielleicht war's ein unterirdischer Geist«, sagte Kaspar schließlich.

»Oder der Schneemensch«, sagte Großvater und lachte.

»Der ist nicht unsichtbar«, wandte Kaspar ein.

»Wer weiß«, sagte Großvater. »Vielleicht hat er ein Winterfell wie der Hase und ist ganz weiß. Dann sieht man ihn nicht, wenn er durch die Gegend stapft.«

»Dann hätte er trotzdem Spuren hinterlassen müssen«, sagte Kaspar. »Er hat Schuhgröße sechsundfünfzig.«

»Ach was!«, sagte Großvater. »So, und jetzt ist Schluss! Ich glaub einfach nicht an solche Sachen. Geister, Monster und Schneemenschen, das ist alles nichts für mich.«

»Aber da war was«, sagte Lisa. »Ganz sicher.«

»Ihr beiden habt zu viel Fantasie«, sagte Großvater. »Ihr habt euch eingebildet, dass ihr was gehört habt. So, und jetzt muss ich rüber und weiterschnitzen, damit wir uns ein anständiges Weihnachtsessen leisten können.«

»Nur noch ein bisschen!«, bat Kaspar. »Bestimmt fängt es gleich wieder an.«

Aber nach einer Stunde hatten sie immer noch

nichts gehört, nicht den kleinsten Mucks. Großvater gab auf. Es wurde kalt im Schuppen, und er musste ins Haus und fürs Weihnachtsessen schnitzen.

Als Kaspar an dem Abend eingeschlafen war, träumte er vom Schneemenschen. Irgendwo weit weg zwischen hohen Bergen und tiefen Tälern hing der Schneemensch in einer steilen Felswand. Kaspar war seinen riesigen Klodeckelspuren im Schnee monatelang gefolgt. Jetzt war er ganz in seiner Nähe. Er hatte eine von Großvaters Fischreusen dabei, um Big Foot darin zu fangen. Die *Welt der Wissenschaft* berichtete über seine Expedition, und er war selbstverständlich mit dem von ihm gefangenen Monster vorne auf dem Umschlag abgebildet. Lisa erwartete ihn tief beeindruckt, als er von der Expedition nach Hause kam. Sie stand auf dem Bahnsteig und lächelte.

Das geheimnisvolle Paket

An einem frühen Morgen fuhren Kaspar und Großvater mit dem Tretschlitten zum Bahnhof. Tante Karins Paket war angekommen. Kaspar war fest davon überzeugt, dass Tante Karin alle ihre Weihnachtsgeschenke vorausgeschickt hatte, und zwar deshalb, weil es so viele waren. Vielleicht waren es zehn Päckchen oder sogar zwanzig. Kaspar sah Dampfmaschinen, Luftgewehre und eine neue Angelrute vor sich.

»Opa, was glaubst du, was sie dir schenkt?«, fragte Kaspar.

»Nichts«, sagte Großvater.

»*Ich* krieg wahrscheinlich ein Luftgewehr«, sagte Kaspar.

»Du bist verrückt«, sagte Großvater. »Wenn Karin überhaupt was verschenkt, dann höchstens was Geistliches.«

Was Geistliches? Kaspar überlegte, was das sein könnte. Konnte man was Geistliches in Weihnachtspapier einpacken? Irgendwie klang das Wort nicht danach. Es klang mehr nach Luft. Oder nach unseligen Geistern.

Das, was Tante Karin vorausgeschickt hatte, war dann kein normales Paket, sondern eine große, schwere Holzkiste, die sie mit Mühe und Not auf dem Tretschlitten nach Hause befördern konnten. Großvater musste sich ins Zeug legen, bis er blau im Gesicht wurde, um sie überhaupt auf den Sitz zu hieven. In so eine große Kiste passten Hunderte von Weihnachtsgeschenken! Wirklich schlau von Tante Karin, alle auf einmal zu schicken, fand Kaspar.

Zu Hause schoben sie die Kiste ächzend in die Küche. Großvater holte das Brecheisen und begann, die Bretter loszustemmen. Kaspar wartete atemlos.

»Da drin müssen ja Berge von Weihnachtspäckchen sein«, sagte er.

Aber es waren keine Weihnachtspäckchen. Es war eine kleine Orgel, ein Harmonium.

»Aber vielleicht liegen in dem Ding da noch ganz viele kleine Päckchen«, sagte Kaspar, der den Gedanken an Weihnachtsgeschenke nicht so schnell aufgeben wollte. Dann machte er sich mit dem Brecheisen an dem Harmonium zu schaffen.

»Nein!«, sagte Großvater und nahm Kaspar das Brecheisen weg. »Das hier ist ein ganz normales Harmonium. Wir sollten uns lieber auf ein ziemlich qualvolles Weihnachten gefasst machen. Ein geistliches Weihnachten, wenn mich nicht alles täuscht.«

»Und wer wird da gequält?«

»Wir«, sagte Großvater. »Der Kasten hier produziert mehr geistliche Kost, als du dir vorstellen kannst. Tonnenweise geistliche Kost! So ein Kasten ist fürchterlicher als ein Drache, nur dass er Töne spuckt statt Feuer.«

Er setzte sich mit einem schweren Seufzer.

Die Katze schnupperte an dem Harmonium und machte einen langen Hals, als wollte sie ihm dabei nicht zu nahe kommen. Das Harmonium roch fremd, und alles Fremde war ihr unheimlich, das wusste Kaspar schon. Er selbst stellte die Füße auf die Pedale, die unten aus dem Kasten herausschauten, und trat zu. Da stieß das Harmonium ein so erbärmliches Geheul aus, dass die Katze durch die Holzspäne auf dem Küchenboden schoss und sich unter die Küchenbank quetschte. Eine Taste des Harmoniums hatte sich wohl festgeklemmt, und während Großvater daran herumoperierte, grummelte er leise:

»Ein *sehr* qualvolles Weihnachten.«

Trotzdem gefiel Kaspar das Harmonium. Es kam ihm wie eine sehr spezielle Maschine vor – eine Lärmmaschine. Oben war ein Deckel, und wenn man hineinschaute, konnte man Blasebälge und Pfeifen sehen. Da drinnen erzeugte die Maschine die Töne. Kaspar trat die Pedale, haute in die Tasten und zog an den Hebeln, die darüber angebracht waren. Auch Knöpfe gab es da, die man drücken konnte. Fantastisch, dass man mit so wenig Kraft einen solchen Krach erzeugen konnte.

»Hör auf!«, schrie Großvater.

»Warum? Wozu haben wir das Ding denn sonst?«

»Zu gar nichts! Nicht wir, sondern meine liebe Schwester wird darauf spielen. Und was das heißt, wirst du wissen, wenn wir Weihnachten überstanden haben.«

Großvater holte eine Flasche Bier und öffnete sie nachdenklich. Bier war sein Trost im Leben, wie er manchmal sagte. Er sagte auch, in einer Flasche Bier stecke das Leben, zumindest ein kleiner Teil davon. Das Bier war für ihn wohl so etwas wie ein Geist in der Flasche. Also auch eine Art geistliche Kost, überlegte sich Kaspar. Jetzt trank Großvater einen Schluck und sagte: »Vielleicht sollten wir das Ungetüm einfach im Herd verheizen.«

Aber Kaspar war von der Lärmmaschine begeistert.

»Damit kann man eine Rakete starten!«, sagte er und trat noch wilder die Pedale, haute noch heftiger in die Tasten, drückte Knöpfe und zog an den Hebeln, alles gleichzeitig. Die Orgel jaulte auf, und die Katze kroch noch weiter unter die Küchenbank und nieste, weil dort alles voller Wollmäuse war.

»Hör auf!«, schrie Großvater. »Wir haben Wichtigeres zu tun!«

Dann ging er in die Küche und wärmte Elchgulasch auf. Kaspar stocherte darin herum. Er sehnte sich nach einem anderen Essen, egal was. Hauptsache kein Elchgulasch.

»Bald gibt's was anderes«, sagte Großvater. »Nach dem Essen fahren wir zum Laden und besorgen uns einen Festtagsschmaus. Würste, Pasteten und Schinken. Inzwischen haben wir so viele Pferde, dass es für das meiste reichen sollte. Und dann gibt's noch den Weihnachtshecht, wie immer an Weihnachten. Das weißt du ja.«

Kaspar stocherte im Elchgulasch und sagte: »Am liebsten mag ich diese kleinen Würstchen.«

»Na, dann besorgen wir die natürlich«, versprach Großvater, der sich am meisten auf den Weihnachtshecht freute. Er hatte ein gutes Rezept für mit Sardellen gefüllten Ofenhecht.

Kaspar schob sich ein Stück Elchfleisch in den Mund und dachte an die Würstchen. So rutschte das Gulasch leichter runter.

»Weihnachtshecht und Weihnachtsbier«, sagte Großvater. »Das ist für mich Weihnachten!«

Vor dem Küchenfenster schneite es mittlerweile ganz fürchterlich.

Der Weihnachtseinkauf

Nach dem Essen fuhren sie mit dem Tretschlitten zu Atom-Ragnars Laden, um Holzpferdchen gegen Weihnachtsessen einzutauschen. Die Luft war voller wirbelnder Schneeflocken. Die Straße war diesmal noch nicht geräumt, und der Tretschlitten kam nur schwer voran. Die Katze lief ihnen wieder hinterher und hielt beim Steinhaufen an. Dort setzte sie sich hin und ließ sich zuschneien.

»Eine verrückte Katze ist das«, sagte Großvater.

»Ja, irgendwas an ihr ist wirklich komisch«, sagte Kaspar.

Sie parkten den Tretschlitten vor dem Laden, stampften sich den Schnee auf der Ladentreppe ab und traten ein.

Kaspar fragte gleich, ob er die *Welt der Wissenschaft* anschauen dürfe.

»Nur, wenn du sie nicht schmutzig machst«, sagte Atom-Ragnar.

Nein, Kaspar würde sie nicht schmutzig machen, er würde die Seiten beim Blättern nicht mal berühren.

Während Großvater Schinken, Hering, Wurst, kleine Würstchen und Bier einkaufte, betrachtete Kaspar das einmalige Foto vom Schneemenschen. Er versuchte, ihn in dem verschwommenen grauweißen Gegrießel auszumachen, aber das war nicht ganz einfach. Atom-Ragnar hatte das Gegrießel zwar dort, wo es besonders dicht war und das Monster darstellen sollte, mit rotem Stift eingekreist, doch das half nicht viel. Der Fotograf, der das Bild aufgenommen hatte, musste vor lauter Angst alle Schärfe weggezittert haben. Unter dem Bild stand, Big Foot sei lebensgefährlich. Der norwegische Uransucher, dem das Monster in die Schulter gebissen habe, sei um ein Haar gestorben. Man habe mit einem Gewehr auf den Schneemenschen geschossen, doch der sei nur grunzend davongelaufen.

Kaspar starrte das Bild lange an und konzentrierte sich, sosehr er konnte. Doch, ja, jetzt erkannte er ihn, das war ganz eindeutig ein Schneemensch!

»Und dann hätte ich gern noch etwas Sülze«, sagte Großvater.

Atom-Ragnar stellte alles Gewünschte auf den Ladentisch.

»Darf's sonst noch was sein?«

»Wunderkerzen«, sagte Kaspar.

»Nein«, sagte Großvater, »die brauchen wir nicht.«

»Aber Wunderkerzen gehören doch zu Weihnachten«, protestierte Kaspar. »Das Funkeln und der Geruch!«

Atom-Ragnar holte Wunderkerzen hervor.

»Die schenk ich dir«, sagte er und gab sie Kaspar.

Großvater staunte. Er hatte noch nie gesehen, dass Atom-Ragnar etwas ohne Anlass verschenkte.

Lächelnd sagte Atom-Ragnar zu Kaspar: »Du und ich, wir sind die Einzigen hier im Dorf, die an Schneemenschen glauben. Weil wir Visionen haben und über den Tellerrand hinausschauen! Ich hab auch schon einen Leserbrief an die Lokalzeitung geschrieben, dass die Schneemenschen existieren.«

»Aber doch nicht hier?«, sagte Großvater.

»Nein, aber in den weiten, unerforschten Gebirgsmassiven des Himalaya«, sagte Atom-Ragnar. »Ein Gebiet, das zweitausendfünfhundert Kilometer lang und zweihundert Kilometer breit ist und an den höchsten Stellen über achttausend Meter hoch. Dort können sich die unglaublichsten Dinge verbergen.« Atom-Ragnar reckte sich mit wichtiger Miene und fuhr fort: »Es gibt ähnliche Fälle. Der Gorilla zum Beispiel wurde auch erst im neunzehnten Jahrhundert entdeckt! Und jetzt stehen wir vor einer neuen Entdeckung. Der Yeti, Big Foot, der Schneemensch – alles dasselbe geheimnisvolle Wesen. Ich sag nur eins: Denkt an den Gorilla und das neunzehnte Jahrhundert!«

»Das war damals«, sagte Großvater. »Das ist über hundert Jahre her. Inzwischen hat man alles auf der Welt entdeckt. Sogar die Atome. Dieser Schneemensch ist, wenn's hochkommt, eine Sinnestäuschung von Leuten, denen oben auf den Berggipfeln der Sauerstoff ausgegangen ist.«

»Atome gibt es nicht«, versetzte Atom-Ragnar kurz.

»Du glaubst an Schneemenschen, aber immer noch nicht an Atome?«, sagte Großvater. »Dass alles aus Atomen zusammengesetzt ist, weiß doch heutzutage jeder, sogar jedes Kind. Du und ich, wir bestehen aus Milliarden von Atomen. Die Weihnachtswurst besteht aus Atomen. Das ist elementare Physik. – Du glaubst also nicht daran, dass du selber existierst?«

»Ich glaube an alles, wofür es Beweise gibt«, sagte Atom-Ragnar. »Fotobeweise zum Beispiel. *Du* bist es doch, der an rein gar nichts glaubt. Du bist total ungläubig, das wissen alle.«

»Stimmt, Opa«, sagte Kaspar. »Du bist langweilig.«

Da wurde Großvater schweigsam und nachdenklich. Sein ganzes Gesicht sah aus wie eine einzige Überlegung. Leicht verwirrt zupfte er sich ein Haar aus der Nase und sagte:

»Ich glaube … Ich glaube … Ich weiß nicht, was ich glaube, aber auf keinen Fall an Schneemenschen.«

»Aber an irgendwas *musst* du doch glauben? Jeder glaubt doch an irgendwas«, sagte Kaspar.

»Wenn schon, dann an Atome«, sagte Großvater.

»Übrigens«, bemerkte Atom-Ragnar, »hat neulich die Ziehung der Weihnachtslotterie des Sportvereins stattgefunden. Ich hab die Gewinnliste hier. Hast du dein Los dabei?«

Großvater durchwühlte lange seine Taschen und zog schließlich ein zerknittertes tabakbraunes Los heraus.

»An Lotterien glaub ich auch nicht«, sagte er.

Atom-Ragnar verglich das Los mit der Gewinnliste.

»Potztausend aber auch!«, rief er und sah von der Liste auf. »Du hast die Motorsäge gewonnen!«

Kaspar jubelte. Ihm war es gleich, was für ein Preis es war. Es hätte genauso gut ein Eimer voll Gurken sein können. Hauptsache, man hatte überhaupt was gewonnen!

Und plötzlich stand Großvater da und hielt eine Motorsäge in den Armen.

»Na bitte!«, sagte Atom-Ragnar. »Und das, obwohl du nicht an Lotterien glaubst. Warum sollte es dann keinen Schneemenschen geben?«

»Aber ...«, sagte Großvater. »Aber was soll ich denn mit dem Ding anfangen? Ich hab keine Bäume zum Absägen. Zwei Apfelbäume und eine Birke wachsen in meinem Garten, das ist alles.«

»Na, dann säg doch die ab«, schlug Atom-Ragnar vor. »Darf es sonst noch was sein? Sonst schließe ich jetzt.«

»Ja, Sardellen für den Hecht. Dann haben wir alles.«

Kaspar zupfte Großvater an der Jacke und deutete auf die Wand, wo die Messer hingen. Da war noch was, das Allerwichtigste!

»Ach ja, stimmt. Dass ich das vergessen konnte«, sagte Großvater verwirrt, die Motorsäge im Arm. »Eine Sache wäre da noch, aber vorher musst du rausgehen und warten.«

Jetzt würde Großvater ein Weihnachtsgeschenk für ihn kaufen, das wusste Kaspar genau. Ein eigenes Messer. Ein richtiges eigenes Messer. Kaspar verließ den Laden und wartete auf der Treppe. Es schneite immer noch. Als er das frostige Eisengeländer ansah, spürte er sofort wieder diese magische Anziehungskraft. Er streckte die Zunge raus und beugte sich vor.

Zack, klebte er fest. Unbegreiflich, warum das jedes Mal passierte.

Und genau in diesem Moment kam Frau Åhman.

»Grüß gefälligst und mach einen Diener!«, sagte sie.

»Gugega« war alles, was Kaspar herausbrachte, und ein Diener ging schon gar nicht, dann wäre nämlich die Zunge abgerissen.

»Wird's bald! Grüß gefälligst und mach einen Diener!«, wiederholte Frau Åhman. »Und hör mit den Faxen auf!«

Kapiert sie denn gar nichts?, dachte Kaspar. Hat sie noch nie an einem kalten Eisengeländer festgeklebt?

»Gugega«, sagte er noch einmal und versuchte, den Kopf wenigstens ein bisschen zu bewegen.

Da kam Großvater heraus.

»Der Junge kann nicht mal anständig grüßen«, beschwerte sich Frau Åhman. »Der Junge kann einfach gar nichts. Er ist zurückgeblieben, ich sag's ja schon immer. Er gehört in ein Heim für zurückgebliebene Kinder.«

»Hijf mij!«, sagte Kaspar.

»Nicht mal richtig sprechen kann er!«, schimpfte Frau Åhman.

»Verschwinden Sie!«, sagte Großvater und schwang drohend die Motorsäge.

Und da verschwand Frau Åhman schnell in den Laden.

Kaspar staunte. So einfach war das also, Frau Åhman verschwinden zu lassen. Man brauchte bloß »Verschwinden Sie!« zu sagen.

»Wann wirst du das hier endlich lernen?«, sagte Großvater und untersuchte, wie fest die Zunge diesmal saß.

Dann ging er in den Laden zurück und holte eine Kanne warmes Wasser.

»Schon wieder«, sagte Atom-Ragnar.

»Ja, schon wieder«, sagte Großvater. »Unglaublich.«

Frau Åhman stand am Ladentisch und sagte: »Ja, ja, dieser Junge lernt gar nichts, nie. Er ist unbegabt und unerzogen und …«

Großvater sah sie mit einem Blick an, der den Schneemenschen höchstpersönlich vernichtet hätte.

Schnell drehte sie sich zu Atom-Ragnar um.

»… und außerdem hätte ich gern noch eine Rosenseife, das wäre dann alles.«

Eine Distelseife würde besser zu ihr passen, dachte Großvater, als er zu Kaspar hinausging. Er leerte das warme Wasser über das Eisengeländer, und Kaspars Zunge taute ab.

»Los, wir fahren, bevor die Hexe wieder rauskommt!«, sagte Großvater

»Dass das funktioniert hat!«, sagte Kaspar, immer noch vollkommen überwältigt.

»Mit warmem Wasser funktioniert das immer«, sagte Großvater.

»Nein, ich meine das mit dem ›Verschwinden Sie!‹«, sagte Kaspar. »Dass sie dann wirklich verschwunden ist.«

Auf dem Rückweg tauchte der alte Åhman im Schneegestöber vor ihnen auf. Er kam auf Skiern aus dem Wald gefahren. Sein ganzes Gesicht war voller Schnee, und in seinem Bart und seinen Augenbrauen hingen Eiszapfen. Åhman starrte zuerst die Motorsäge an und dann Großvater.

»He, du hast doch gar keine Bäume zum Umsägen, alle Bäume hier gehören mir!«, sagte er.

»Ich hab zwei Apfelbäume«, sagte Großvater. »Und eine Birke.«

»Willst du die umsägen?«

»Nein.«

»Ein Baumdieb, ganz klar!«, brummte Åhman, dann fuhr er weiter und verschwand wieder im Schneegestöber. »Überall nichts als Baumdiebe!«

Die Katze saß noch auf dem Steinhaufen. Jetzt schüttelte sie den Schnee ab, hüpfte auf den Schlitten und durfte mitfahren.

»Diese Katze ist verrückt«, sagte Großvater.

»Ja«, sagte Kaspar.

»Verflixt, ich hab vergessen, Schnupftabak zu kaufen!«

Die Gespensterfalle

»Ich hab eine Idee«, sagte Kaspar. »Ich weiß, wie wir das Gespenst im Schuppen fangen können.«

»Wie denn?«, fragte Lisa.

»Mit Großvaters großer Fischreuse«, sagte Kaspar.

»Als Falle, meinst du?«

»Das ist eine Superfalle!«

Für eine Gespensterfalle musste man sich in der Tat etwas besonders Schlaues einfallen lassen. Das Gespenst, mit dem sie es zu tun hatten, konnte gehen, ohne Spuren zurückzulassen. Und unsichtbar war es auch. Irgendwie konnte es sich durch die Luft bewegen und gleichzeitig dafür sorgen, dass man Schritte hörte. Das zu begreifen war schwierig. Aber Gespenster *waren* schwierig. Genau darum waren sie ja Gespenster.

»Die Reuse muss also oben in der Luft sein«, sagte Kaspar. »Und vor dem Schuppenfenster, damit wir sehen können, wenn das Gespenst reingeht.«

Sie holten Bretter, die sie in den Schnee rammten, und auf denen balancierte hoch oben die Reuse.

Lisa stand der Sache skeptisch gegenüber, aber Kaspar meinte, wer einmal in eine Reuse reingeraten sei, komme von allein nicht wieder raus. Das sei die letzte Lektion, die alle Barsche und Hechte lernten, wenn sie in Großvaters Reuse reingeschwommen waren.

»Ich glaub nicht, dass das klappt«, sagte Lisa. »Das Gespenst zischt da doch einfach durch. Gespenster sind was anderes als Barsche.«

»Durch ein Drahtnetz durchzischen? Da müsste es sich ja in Hunderte von kleinen Vierecken aufteilen und sich hinterher selbst wieder zusammensetzen. Das geht nicht.«

»Bei einem Gespenst schon«, sagte Lisa.

Dann begutachteten sie die Falle noch ein letztes Mal, waren aber nicht zufrieden.

»Wir brauchen einen Köder«, sagte Lisa.

»Ich weiß schon, was wir nehmen«, sagte Kaspar.

Er holte den Topf mit dem Elchgulasch und stellte ihn in die Reuse.

»Elchgulasch?«, sagte Lisa. »Das soll ein Köder für Gespenster sein?«

»Es ist so eklig, dass es bloß Geistern der Unterwelt schmeckt«, erklärte Kaspar. »Damit klappt es bestimmt.«

»Wenn das Gespenst nicht einfach durchzischt«, sagte Lisa.

Danach gingen sie in den Schuppen, machten Heuböckchen und warteten auf das Gespenst. Die Dämmerung kam. Am Himmel gingen die Sterne an.

»Ich glaub wirklich, es ist ein Geist aus der Unterwelt«, sagte Kaspar. »Er ist aus der Unterwelt heraufgekommen, um uns zu …«

»Isabell«, sagte Lisa. »Du hast auf ihr Geschwätz gehört.«

»Ja. Die Geister schleichen jede Nacht um ihr Haus, und jetzt haben sie sich schon bis zu unserem Schuppen ausgebreitet. Weil die Welt demnächst unter…«

»Hör auf!«, sagte Lisa. »Ich hab dir doch gesagt, du sollst dich nicht drum kümmern, was sie sagt. Isabell *kann* man nicht glauben, das geht nicht.«

»Und warum nicht?«

»Weil sie Blödsinn schwafelt«, sagte Lisa. »Isabell hat einen Frostschaden am Gehirn oder so was.«

Kaspar kletterte auf die Hobelbank und sah aus

dem Fenster. Draußen stand die Falle auf ihren Stützen, mit dem Elchgulaschtopf als Köder.

»Heute Abend wird das nichts mehr«, sagte er.

Aber kaum war er von der Hobelbank gehüpft, als plötzlich Schritte zu hören waren. Kaspar hielt vor Schreck den Atem an und rührte sich nicht. Lisa verfolgte die Schritte mit dem Zeigefinger an den Wänden entlang. Sie bewegten sich auf die Falle zu, hörten aber vorher auf. Kaspar holte tief Luft. Lisa hielt ihren zitternden Zeigefinger an die Schuppenwand gepresst. Sie sahen sich an, trauten sich aber nicht, etwas zu sagen. Dann bewegten sich die Schritte weiter. Kaspar und Lisa kletterten auf die Hobelbank und spähten aus dem Fenster. Ein gefangenes Gespenst – da würde er bestimmt auch berühmt werden und in die *Welt der Wissenschaft* kommen, überlegte sich Kaspar. Allerdings würde es schwierig werden, ein unsichtbares Gespenst abzubilden.

Die Schritte waren inzwischen bei der Falle angekommen.

»Jetzt!«, flüsterte Lisa.

Doch was immer da draußen ging, es ging einfach weiter, noch einmal eine ganze Runde um den Schuppen, dann wurde es still.

Lisa und Kaspar warteten lange, hörten aber nichts mehr.

»Es ist durchgezischt«, sagte Lisa. »Ich hab's doch gesagt.«

Kaspar war schrecklich enttäuscht. Sie gingen hinaus und schauten nach, fanden aber keine Spuren. Damit hatten sie allerdings auch nicht gerechnet.

»Das war wohl nicht der richtige Köder«, meinte Kaspar. »So ein Gespenst mag natürlich keinen Elch. Elch mag niemand. Wir müssen uns einen besseren Köder ausdenken.«

Sie gingen ins Haus und berichteten Großvater, dass das Gespenst in die Falle gegangen sei, ohne sich fangen zu lassen.

Großvater lächelte nur und sagte: »Euch quillt die Fantasie schon aus den Ohren, *darum* hört ihr Sachen, die es gar nicht gibt.«

»Wir haben nur den falschen Köder gehabt«, sagte Kaspar. »Sonst hätten wir das Gespenst gefangen.«

»Was für ein Köder war's denn?«

»Elch«, sagte Kaspar. »Aber das war total falsch.«

Großvater schaute über den Rand seiner Brille und sagte: »Elch? Nein, damit kann das nichts werden. Lauft lieber schnell zu Atom-Ragnar. Bestimmt steht in seiner dämlichen Zeitschrift, mit welchem Köder man Gespenster fängt. Bei der Gelegenheit könnt ihr mir auch gleich Schnupftabak mitbringen.«

Kaspar und Lisa gingen also zu Atom-Ragnar. Die Katze lief hinter ihnen her und blieb beim Steinhaufen neben den Briefkästen stehen.

»Komische Katze«, sagte Lisa.

»Ja«, sagte Kaspar. »Sie läuft nie weiter als bis hierher.«

Da tauchte Frau Åhman auf, um ihren Briefkasten zu leeren. Sie hatte ihren seltsamen Hut auf.

»Der sieht aus wie ein Aal«, flüsterte Kaspar und zeigte auf den Hut.

Frau Åhman zuckte zusammen und sagte: »Man zeigt nicht auf andere Leute, das ist unhöflich! Und grüßt gefälligst, wie es sich gehört!«

»Guten Tag, Frau Åhman!«, sagte Lisa und machte einen kleinen Knicks.

Kaspar sagte erst mal nichts. Dann fiel ihm plötzlich ein, dass er mal was ausprobieren könnte. Er holte tief Luft, nahm all seinen Mut zusammen und sagte:

»Verschwinden Sie!«

Frau Åhman erstarrte. Es funktionierte nicht! Sie verschwand nicht. Sie war noch da. Dafür funktionierte was anderes: Frau Åhman gab Kaspar eine Ohrfeige, dass es nur so knallte.

»In ein Heim müsste man dich stecken, du Satansbraten!«

Kaspar war der Schreck in alle Glieder gefahren. Bei Großvater hatte es doch funktioniert! Aber bei ihm selbst war nur ein brennendes rotes Ohr herausgesprungen.

»Und jetzt grüß anständig!«

»Guten Tag, Frau Åhman!«, sagte Kaspar.

»Gut.«

Damit ging sie und ließ eine Wolke aus Rosenduft zurück.

»Dass du dich das getraut hast!«, sagte Lisa. »Die ist doch fast genauso gefährlich wie der alte Åhman selber.«

»Ich wollte nur ausprobieren, ob es funktioniert, aber dann ist sie doch nicht verschwunden«, sagte Kaspar und nahm eine Handvoll Schnee, um sein Ohr zu kühlen.

»Hast du ehrlich geglaubt, sie würde verschwinden?«

»Ja.«

»Du spinnst«, sagte Lisa.

»Das wird sie büßen«, sagte Kaspar. »Wenn der Schneemensch kommt, wird sie als Erste aufgefressen!«

»Der Schneemensch kommt aber nicht«, sagte Lisa.

»Und warum nicht?«

»Weil ich nicht an ihn glaube. Der ist doch bloß genauso eine Erfindung wie das Ungeheuer von Loch Ness und Werwölfe und so.«

»Glaubst du wenigstens an das Gespenst vom Schuppen?«

»Ja, weil ich das selbst gehört hab«, sagte Lisa. »Aber der Schneemensch ist nur so eine Märchenfigur.«

»Es gibt Beweise«, sagte Kaspar. »Fotos und alles.«

Sie gingen in Atom-Ragnars Laden, und Kaspar fragte wieder, ob er die *Welt der Wissenschaft* anschauen dürfe.

Den gemalten Umschlag fand Lisa gut. Der Schneemensch sah wirklich unheimlich aus. Aber das Foto, das der eigentliche Beweis sein sollte, fand sie schlecht.

»Ich seh keinen Schneemenschen«, sagte sie.

»Schau doch genau hin!«, sagte Kaspar und deutete auf das verschwommene Gegrießel.

Aber Lisa konnte nur verschwommenes Gegrießel erkennen.

»Der Schneemensch existiert«, sagte Atom-Ragnar. »Man hat sogar sein Gebrüll auf Band aufgenommen. Demnächst wird eine Expedition ihn fangen, und das gibt eine Weltsensation!«

»Und wie klingt er?«, fragte Kaspar.

Atom-Ragnar öffnete den Mund und brüllte: »AAAHHHOOORRRRKKK!«

»Ich glaub trotzdem nicht dran«, sagte Lisa.

»Und woran glaubst du?«, sagte Atom-Ragnar. »An den Weihnachtsmann?«

»Nein«, sagte Lisa.

»Eines schönen Tages«, sagte Kaspar, »da fang ich den Schneemenschen und werd berühmt!«

»In der Reuse, oder wie?« Lisa lachte.

Sie lasen die ganze Zeitschrift durch, aber nirgends stand etwas über Köder für Gespensterfallen. Also kauften sie Schnupftabak für Großvater und gingen aus dem Laden. Kaspar blieb am Eisengeländer stehen.

»Ich werde nicht am Geländer lecken«, sagte er. »Ich werde nicht am Geländer lecken.« Dann beugte er sich langsam vor und streckte die Zunge raus. Und klebte fest.

»Hijf mij! Hoj wamesch Waschej.«

»Was?«

»Wamesch Waschej.«

»Warmes Wasser?«

»Ja.«

Lisa holte warmes Wasser und leerte es über das Geländer.

»Warum machst du das? Du weißt doch, dass du dann festklebst.«

»Ich kann nicht anders«, sagte Kaspar. »Da ist eine unsichtbare Kraft. Hast du so was noch nie gespürt?«

»Nein«, sagte Lisa. »So ein Quatsch!«

Die Baumdiebe

»Wenn wir die Motorsäge nehmen, können wir zehn Weihnachtsbäume fällen«, sagte Kaspar.

»Wir brauchen nur einen«, sagte Großvater. »Und der muss lautlos geholt werden. Übrigens halte ich nichts von Motorsägen.«

Einen Weihnachtsbaum zu besorgen hatte so seine Risiken.

»Die Kunst besteht nicht darin, einen zu fällen«, sagte Großvater. »Die Kunst besteht darin, Åhman nicht sehen zu lassen, dass einer gefällt worden ist.«

Bei jeder fremden Skispur im Wald glaubte Åhman sofort, Wilderer oder Baumdiebe hätten ihm etwas geklaut.

Großvater und Kaspar nahmen die Axt mit und

begaben sich auf Skiern in den Wald. Die Bäume waren schneebedeckt, es war still, kein Laut war zu hören. Die Natur hatte nur zwei Farben, Weiß für den Wald und Blau für den Himmel.

Zuerst fuhren Kaspar und Großvater über das Große Moor, dann über die Kiefernhöhe. Der Schnee lag unberührt da, nur hier und da hüpften Hasenspuren durch die Gegend.

»Sind wir jetzt Baumdiebe?«, fragte Kaspar.

»Nein«, sagte Großvater. »Einen Baum kann man nämlich nicht so einfach besitzen. Grund und Boden vielleicht, aber Bäume nicht. Denn die Bäume gehören nur sich selbst. Aus einem Tannenzapfen fällt ein kleiner Samen und fliegt im Wind davon. Dann landet er irgendwo, keimt, bildet unten Wurzeln und wächst oben in die Höhe. Dass der Samen zufällig auf Åhmans Boden gelandet ist, dafür sind weder wir noch die Tanne verantwortlich.«

»Nein, ist klar«, sagte Kaspar.

Sie fuhren in Schleifen waldaufwärts und kreuzten dabei immer wieder ihre eigenen Spuren. Das machten sie ungefähr eine Stunde lang, bis es unmöglich geworden war, die Spuren zu verfolgen. Einfach direkt hinfahren, den Baum fällen und wieder nach Hause zurückkehren, das wäre der helle Wahnsinn gewesen. Denn dann würde es nicht lange dauern, bis Åhman keuchend auf der Haustreppe stand – und schon wären sie geliefert.

»Was hältst du von dem hier?«, fragte Großvater und schüttelte den Schnee von einem Baum.

»Nein, der ist krumm«, sagte Kaspar, der ganz genau wusste, wie ein perfekter Weihnachtsbaum auszusehen hatte.

»Und der hier?«

»Nein, da stehen die Äste zu weit auseinander.«

»Na, dann such dir selber einen aus!«, sagte Großvater. »Ich hab noch einen Trick für den Herrn Waldbesitzer auf Lager.«

Von da an fuhr er hin und her und hinterließ so viele Spuren, dass Åhman Stunden brauchen würde, um den Baumdieben zu folgen. Das machte Großvater Spaß. Åhman war nämlich so dämlich, dass er jeder einzelnen Spur folgen würde, ja jedem einzelnen Meter einer Spur, und am Ende wäre er dann so verwirrt, dass er überhaupt nichts mehr kapierte.

Kaspar suchte also den perfekten Weihnachtsbaum. Alle Tannen sahen verschieden aus. Wenn er sonst im Wald war und keinen Weihnachtsbaum suchte, sahen alle Tannenbäume gleich schön aus, aber vor Weihnachten nicht. Ausgerechnet da sahen alle verschieden aus, und die meisten waren hässlich. Sie waren entweder krumm oder hatten zu wenig Äste, oder ein Elch hatte die Spitze abgefressen.

Den richtig perfekten Baum fand Kaspar nicht, aber wenigstens einen fast perfekten. Auf einer Seite wuchsen die Zweige ein bisschen spärlich, mit der würden sie ihn dann zur Wand drehen.

Als Großvater zurückkam, war er ganz verschwitzt und außer Atem.

»So, da soll sich Åhman erst mal durchfinden. In dem Wald sieht's aus wie nach den nationalen Langlaufmeisterschaften.«

»Hier ist unser Weihnachtsbaum«, sagte Kaspar.

»Gut«, sagte Großvater und setzte die Axt an.

Er hackte so tief unten am Boden wie möglich, schaufelte Schnee über den Baumstumpf und sammelte sämtliche Späne ein. Abschließend nahm Kaspar einen Tannenzweig und fegte damit über den Schnee. Dass hier eine Tanne gestanden hatte, war nicht mehr zu sehen.

Auch auf dem Heimweg fuhren sie in Schleifen.

Und plötzlich kam der Hase auf sie zugehoppelt. Er hielt inne, machte einen jähen Satz zur Seite und verschwand über die Kiefernhöhe.

»Irgendwas hat ihn erschreckt«, sagte Großvater. »Horch, da kommt jemand!«

Kaspar horchte, und bald hörte er lautes Keuchen und Fluchen. Åhman kam in voller Fahrt auf den

Skiern angedüst. Er folgte den Spuren, die Großvater und Kaspar auf dem Hinweg hinterlassen hatten.

»Wieder mal verdammt typisch«, murmelte Großvater und rammte den Weihnachtsbaum in eine Schneewehe. Dort stand er jetzt inmitten anderer kleiner Tannenbäume – als hätte er schon immer dort gestanden.

Die Axt drückte Großvater schnell unter einem seiner Skier in den Schnee. Kaspar blieb fast das Herz stehen. Åhman konnte ganz schön gefährlich werden. Und er liebte es, Kinder an den Ohren hochzuziehen. Das war sozusagen sein Hobby.

»He, hallo, ihr da!«, schrie Åhman. »Habt ihr einen meiner Bäume geklaut?«

Er kam auf sie zugefahren. Großvater sah den Weihnachtsbaum noch einmal an. Er war der einzige grüne unter all den weißen schneebedeckten Tannenbäumen ringsum. Das sah verdächtig aus. Er flüsterte Kaspar zu:

»Schnell, schüttle von den anderen Tannen den Schnee ab!«

»Was macht ihr hier, zum Teufel noch mal?«, schrie Åhman, dass seine Bluthundwangen zitterten. »Das hier ist *mein* Wald!«

»Was wir machen?«, sagte Großvater. »Wir helfen dir. Vorhin haben wir ein paar verdächtige Gestalten gesehen, die mit Motorsägen waldeinwärts gefahren sind. Also wollten wir nachschauen, ob es Baumdiebe sind. Nicht wahr, Kaspar?«

Åhman sah Kaspar an.

»Ja. Ja, klar«, sagte Kaspar und versuchte, seine Ohren einzuziehen. »Es waren mindestens zwanzig. Mit Motorsägen. Eine ganze Bande, lauter feine Damen aus Stockholm, die in der Stadt zweitausend Kronen für einen Baum kassieren. Vielleicht sogar dreitau...«

Großvater stupste Kaspar mit dem Skistock, damit er den Mund hielt.

»Das glaub ich nicht«, knurrte Åhman.

»Dreißig«, sagte Kaspar. »Es waren eher dreißig.«

»Das reinste Skirennen«, fügte Großvater hinzu.

»So viele Leute wohnen ja im ganzen Dorf nicht«, sagte Åhman.

»Eindeutig eine Weihnachtsbaumbande. Garantiert aus Stockholm«, sagte Großvater und schielte zu der Tanne in der Schneewehe hin.

Sie begann gerade, langsam zu kippen.

»Ich hab aber nirgends eine Bande gesehen«, schnaubte Åhman.

»Und wo kommen die vielen Skispuren her?«, fragte Großvater. »Die Bande räumt deinen Wald leer und verkauft die Bäume in Stockholm, hab ich dir das nicht schon gesagt? In Stockholm bezahlen die feinen Damen Hunderte von Kronen für einen perfekten Weihnachtsbaum.«

»Die räumen meinen Wald leer?«, sagte Åhman und schaute sich verzweifelt um.

»Ja, beeil dich lieber, bevor es zu spät ist!«, sagte Großvater, der sah, dass der Baum immer stärker kippte. Er drohte jeden Moment umzufallen.

»Die schnapp ich mir, und wenn ich die ganze Nacht unterwegs sein muss«, ächzte Åhman.

»Die feinen Damen sind in die Richtung gefahren«, sagte Kaspar und streckte den Zeigefinger aus.

»Sei still!«, sagte Großvater. »Du hast ja alles missverstanden. Das jetzt sind keine feinen Damen. Die Bande *verkauft* die Bäume nur an die feinen Damen.«

»Also wie jetzt?«, fragte Åhman und starrte sie drohend an.

Großvater traten kleine Schweißperlen auf die Stirn. Wenn die Tanne jetzt umfiel, würde Åhman ihn den Elch tausendfach büßen lassen, das war klar. Mit einem heimlich gefällten Baum auf frischer Tat ertappt, das konnte teuer werden, sehr teuer.

»Die Bande verkauft die feinen Damen in Stockholm … äh, nein … die Bande *kauft* die feinen Damen, und die Damen …«

Großvater klang etwas verwirrt.

»Oder sind die Damen doch die Bande?«, versuchte Kaspar ihm auf die Sprünge zu helfen.

»Ich versteh kein Wort«, sagte Åhman. »Wovon redet ihr überhaupt?«

»Also«, sagte Großvater und wischte sich den Schweiß von der Stirn. »In deinem Wald treibt eine Weihnachtsbaumbande ihr Unwesen, hast du das immer noch nicht begriffen? Die räumen deinen Wald leer, und du stehst hier tatenlos herum!«

Die Tanne kippte immer mehr.

»Ich werde jedem einzelnen Baumdieb die Ohren abreißen!«, schrie Åhman und schwang schon seine Skistöcke, um loszubrettern.

Aber genau da entdeckte er den kippenden Weihnachtsbaum.

»Das ist ja mal ein hübsches Bäumchen«, sagte er. »Das nehm ich am besten gleich mit. Oh ja, das passt perfekt in die gute Stube!«

Mit diesen Worten packte er die Axt, die er im Gürtel trug, und Kaspar schloss die Augen, um sich mit aller Kraft auf ein Wunder zu konzentrieren. Ihr heimlich gefällter Weihnachtsbaum sollte blitzschnell Wurzeln schlagen! Das war ihre einzige Chance.

»Aber nein, den doch nicht!«, rief Großvater. »Der ist doch hässlich wie sonst was! Siehst du nicht, wie schief er ist? Und halb verdorrt ist er auch!«

»Für mich ist er gut genug«, sagte Åhman.

»Das ist glasklar einer von der Sorte, die vom ersten Tag an nadelt«, sagte Großvater. »In der Stubenwärme fängt der sofort zu nadeln an.«

»Wirklich?«, sagte Åhman.

»Vorhin hab ich einen unglaublich schönen Baum gesehen«, sagte Kaspar. »Einen richtigen Märchenbaum.«

»Ja, stimmt genau«, sagte Großvater. »Gleich hinter der Kiefernhöhe – das heißt, wenn er noch da ist. Wir haben nämlich eine Motorsäge gehört!«

»Zwei Motorsägen!«, sagte Kaspar.

»Die Weihnachtsbaumbande!«, stöhnte Åhman, bretterte los und verschwand in Richtung Kiefernhöhe.

Im selben Moment fiel der Weihnachtsbaum um.

»Um ein Haar«, sagte Großvater. »Das war haarscharf um ein Haar!«

Sie packten ihre Tanne und fuhren nach Hause.

»Sind wir jetzt nicht doch irgendwie Baumdiebe?«, fragte Kaspar.

»Nein«, sagte Großvater. »Jeder hat das Recht auf seine Traditionen, und ich hab dir ja erklärt, dass ein Baum nichts dafür kann, dass er auf Åhmans Boden Wurzeln geschlagen hat.«

Es wurde Abend. Draußen war es dunkel und sternenklar. Kaspar schmückte den Baum, und danach schmückte er das restliche Haus mit roten Pappfiguren, die er selbst ausgeschnitten hatte, eine bunte Schar aus Schweinen, Weihnachtsmännern und allen möglichen anderen, eher geheimnisvollen Figuren.

Großvater verhedderte sich hoffnungslos im Kabel der elektrischen Kerzen, die erst funktionierten, nachdem er zwei kleine elektrische Schläge abbekommen hatte. Und ganz zum Schluss war der Stern verschwunden, der auf die Baumspitze gehörte. Sie suchten lange in Schubladen und Schränken, fanden ihn aber nirgends. Da nahm Großvater eins der Holzpferdchen, bohrte unten ein Loch hinein und steckte es auf die Spitze. Das sah fast genauso schön aus.

Jetzt war alles für Weihnachten vorbereitet. Für Essen war gesorgt, das Haus war geschmückt, und der Weihnachtsbaum stand an seinem Platz.

Oben im Wald irrte Åhman immer noch auf seinen Skiern unter dem sternenklaren Himmel umher. Er verfolgte eine Spur nach der anderen.

»Ich geb euch, meinen Wald leer räumen, ihr Halunken!«, schrie er.

Schwester Karin

Kaspar und Großvater standen auf dem Bahnsteig und warteten. Sie hatten sich, so gut es eben ging, in Schale geworfen, jetzt war ihnen feierlich zumute. Auf dem Bahnsteig standen auch noch andere Leute, die auf Weihnachtsbesuch warteten. Großvater begrüßte seine Bekannten, und das waren viele. Es war kalt. Alle hatten ihre besten Sachen an und traten auf der Stelle, um warm zu bleiben. Der Schnee unter den Füßen knarrte, und aus den Mündern stiegen Dampfwölkchen. Auf der Vortreppe des Bahnhofsgebäudes stand der Stationsvorsteher und sah auf seine Uhr. Mit zufriedenem Nicken stellte er fest, dass der »Dalapfeil« aus Stockholm den Fahrplan auf die Minute einhielt. Der

Zug fuhr ein, groß und schwer, mit kreischenden Bremsen. Dann gingen die Türen auf, und mit sperrigem Gepäck beladene Reisende stiegen mühsam ächzend aus und füllten den Bahnsteig. Plötzlich wimmelte es von Leuten. Großvater reckte den Hals, in der Hoffnung, ein bekanntes Gesicht zu sehen.

»Da ist sie!«, rief er und schleppte Kaspar durch die Menschenmenge zu einer beleibten Frau mit einem runden roten Gesicht. Sie erinnerte entfernt an einen der molligen Engel auf Lisas Poesiealbumbildchen. Allerdings an einen sehr großen. Dass sie Großvaters Schwester war, darauf wäre niemand gekommen.

»Willkommen!«, sagte Großvater und gab ihr die Hand.

Kaspar tat es ihm nach.

»Willkommen!«, sagte er und machte einen Diener.

»Na, du bist aber gewachsen«, sagte Tante Karin und legte den Kopf schief. »Erinnerst du dich an mich?«

»Ein bisschen«, sagte Kaspar, denn genauso war es. Er erinnerte sich nur ein bisschen an sie.

»Ist mein Harmonium wohlbehalten angekommen?«, fragte Tante Karin und sah Großvater an.

»Selbstverständlich«, sagte Großvater und dachte an die Kerben, die Kaspar mit dem Brecheisen hineingekratzt hatte. »Nur ein paar kleine Schrammen von unterwegs.«

Tante Karin durfte auf ihrem Gepäck vorne auf dem Tretschlitten sitzen, während Kaspar vor Großvater auf den Kufen stand. Die Tante fing gleich davon an, wie wohltuend es sei, aufs Land zu kommen und echte, ungekünstelte Menschen zu treffen. Hier werde sie ein natürliches Leben führen und den Stress der Großstadt vergessen können. Auf dem ganzen Heimweg redete sie pausenlos und ohne Kaspar und Großvater zu Wort kommen zu lassen. Sie liebe den einfachen, natürlichen Menschen, verkündete sie, die Großstadtbewohner mit ihrem oberflächlichen, ungesunden Lebensstil habe sie herzlich satt. Dann sah sie Großvaters Küche und verstummte. In Großvaters Küche herrschte ein einfaches, natürliches Durcheinander, das ihr erst mal die Sprache verschlug. Und mitten in dem Durcheinander stand ihr Harmonium.

Großvater und Kaspar fanden, dass sie ein gemütliches Zuhause hatten. Tante Karin dagegen riss nur stumm die Augen auf. Sie sah lauter Sachen, an die Großvater und Kaspar gewöhnt waren – leere Flaschen, Angelruten, Dosen mit Wurmködern, Geschirr und Kleider, alles in einem einzigen Chaos. Auf dem Fußboden kringelten sich die Holzspäne von den geschnitzten Pferdchen. Auf dem Küchentisch lagen die Motorsäge, eine total verknotete Angelschnur mit Hunderten von Haken, die Großvater zurzeit auseinanderklaubte, kaputte Spinnrollen, selbst gemachte Blinker, die Kaspar noch mit echter Barschhaut bekleben wollte, und jede Menge Holzpferdchen, fertige und unfertige.

Aber zwei kleine freie Stellen, an denen sogar das Wachstuch sichtbar war, gab es am Küchentisch auch. Das waren Großvaters und Kaspars Essplätze.

Neben der Holzkiste stand Kaspars Angelwurmzucht, die er jeden Tag wässerte, damit die Würmer nicht austrockneten. Hinter den Türen lauerten die Wollmäuse so bedrohlich, als wollten sie jeden Moment hervorspringen und dem Nächstbesten in den Fuß beißen. Und auf der Küchenbank lag ein halb auseinandermontierter Bootsmotor neben einem Berg aus anderen Maschinenteilen, von denen nicht mal Großvater wusste, wo sie hingehörten.

Man kann nicht behaupten, dass hier weihnachtliche Ordnung herrschte, aber weder Kaspar noch Großvater litten unter der Unordnung, denn sie sahen sie ja nicht. Es sah ganz einfach aus wie immer.

»Wir haben ein bisschen Weihnachtsschmuck aufgehängt«, sagte Großvater und deutete auf Kaspars Pappfiguren, die überall in der Küche verteilt waren.

»Keine Vorhänge!«, stieß Tante Karin aus. »Und eine nackte Glühbirne an der Decke!«

»Aber drüben in der Stube steht unser Weihnachtsbaum«, sagte Großvater.

»So darf es nirgendwo aussehen!«, sagte Tante Karin entrüstet. »So geht das nicht. Das ist ja das reinste Elend, die pure Armut! Nicht eine einzige Topfpflanze!«

Kaspar warf Großvater einen beunruhigten Blick zu. War es verboten, eine Angelschnur auf dem Tisch und eine Wurmzucht in der Küche, Holzspäne auf dem Fußboden und selbst gemachten Weihnachtsschmuck zu haben? War es womöglich kriminell, dass sie keine Topfpflanzen hatten?

Großvater sah nichts von dem, was Tante Karin sah. Großvater sah seine Küche, die aussah wie immer.

Tante Karin stemmte die Hände in die Hüften und sagte: »Bevor ich mein Gepäck hereinhole, muss hier erst mal gründlich sauber gemacht werden.«

Sie zog ihren Mantel aus und begann, Befehle zu erteilen. Großvater fühlte sich zwar ganz und gar nicht wohl in seiner Haut, machte aber, was sie sagte, und Kaspar traute sich nicht, einer so dicken und großen Tante zu widersprechen. Die Würmerzucht flog raus, die Fußböden wurden gefegt, das Geschirr wurde gespült, und ehe sie sich's versahen, knieten Kaspar und Großvater auf dem Fußboden und schrubbten ihn jeder mit einer Bürste.

»Was machen wir hier eigentlich?«, fragte Kaspar. »So was haben wir doch noch nie gemacht.«

»Ich weiß nicht«, sagte Großvater. »Aber ich glaube, hier passiert gerade was Schreckliches.«

Mit der Schnitzwerkstatt mussten sie in den Schuppen umziehen.

»Die Küche ist das Herz des Hauses«, erklärte Tante Karin. »Sie hat genauso sauber und rein zu sein wie das eigene Herz.«

Sämtliche Wollmäuse wurden in die Flucht geschlagen, und die Angelsachen, das Werkzeug und alles Übrige, was für Großvater lebensnotwendig war, flogen auch hinaus.

Kaspars Weihnachtsschmuck durfte hängen bleiben. Aber das war auch das Einzige.

»Der Junge hat eine künstlerische Ader«, erklärte Tante Karin. »Er kann mir beim Vorhangnähen helfen. Außerdem brauchen wir eine richtige Küchenlampe. Und Topfpflanzen. Ich liebe Geranien!«

Großvater sah sich in seinem Haus um, und er erkannte es nicht wieder. Nicht mal der Geruch war noch derselbe. Weil Tante Karin ihr Harmonium neben dem Weihnachtsbaum stehen haben wollte, schob Großvater es ächzend in die Stube und an den gewünschten Platz.

»Wir werden ein wundervolles Weihnachten feiern«, sagte Tante Karin und polierte das Harmonium mit einem Tuch, bis es spiegelblank glänzte.

Die Katze strich der Tante um die Beine, sie hatte nämlich schnell begriffen, wer jetzt das Sagen hatte. Aber Großvater und Kaspar hatten noch überhaupt nichts begriffen. Sie würden zu zweit auf der ausgeklappten Küchenbank schlafen müssen.

Tante Karin selbst zog in die Schlafkammer und begann, ihre Sachen auszupacken. Sie hatte einen ganzen Stapel der Zeitschrift *Wächter des Lichts* mitgebracht. Tante Karin gehörte selbst zu den Autoren dieser Zeitschrift. Sie sagte, *Wächter des Lichts* schenke den Menschen Hoffnung in Zeiten des Wartens und des Zweifels, und drückte Großvater und Kaspar je ein Exemplar in die Hand. Das sei eine nützliche Lektüre, meinte sie. Es war die Zeitschrift der Heilsarmee, genauer gesagt, die Weihnachtsausgabe, und auf der Umschlagseite war ein Soldat der Heilsarmee abgebildet, der Gitarre spielte.

»Jesus lebt, steht da«, sagte Großvater. »Ich dachte, der ist vor zweitausend Jahren gestorben und wieder auferstanden und davongeflogen. Oder nicht?«

»Er lebt«, sagte Tante Karin gekränkt. »Er lebt und wirkt hier in unserer Mitte.«

Kaspar sah sich um.

»Aha«, sagte Großvater und holte sich ein Bier.

»Oh nein, solange ich hier bin, wird in dem Haus kein Bier getrunken!«, verkündete Tante Karin streng.

Sie macht einen Witz, dachte Großvater und öffnete die Flasche. Aber Tante Karin nahm sie ihm weg und leerte das Bier in den Ausguss.

»Bier trinken heißt, Gott durch die eigenen Taten verleugnen, und wir wollen doch ein geziemendes, friedliches Weihnachtsfest feiern. Euch beiden kann es sowieso nicht schaden, ein wenig gottesfürchtig zu werden.«

Großvater verschlug es die Sprache.

»Darf man Orangenlimo trinken?«, fragte Kaspar.

»Natürlich, aber *kein Bier* zur Weihnachtszeit!«

Großvater starrte in den Ausguss.

»Und kein Schnupftabak«, fuhr Tante Karin fort. »Die Seele muss rein bleiben. Außerdem benötigt der Junge dringend ein Bad und einen Haarschnitt.«

Großvater stand da, als würde er immer noch die Bierflasche halten.

Allmählich begriff Kaspar, dass hier tatsächlich etwas Schreckliches passierte.

»Und du, alter Zausel, wann hast *du* das letzte Mal ein Bad genommen? Ich mach jetzt das Wasser heiß!«

Als es Abend wurde, spielte Tante Karin stundenlang Kirchenlieder auf dem Harmonium. Die

Hausmäuse kauerten zitternd und bebend in der Holzverkleidung der Wände.

»Ohne das Harmonium kann ich nicht leben«, sagte Tante Karin und blätterte die Noten um. »Musik ist mein Lebenselixier.«

In dieser Nacht schlief Großvater schlecht. Die Ereignisse des Tages waren alles andere als erfreulich gewesen. Warum nur musste Karin unbedingt zu Besuch kommen? Sie hatte sich doch noch nie um ihn und Kaspar gekümmert, oder? Großvater dachte so angestrengt nach, dass er Durst bekam. Lautlos schlich er zur Kellerluke, um sich ein kühles Bier zu holen. Aber alle Flaschen waren verschwunden. Und auch sein ganzer Schnupftabak. Nur Kaspars Orangenlimo stand noch da.

»Das hab ich jetzt von meinen Sünden«, murmelte er, als er wieder auf die Küchenbank kroch. »Das ist die Strafe.«

Am Morgen war Tante Karin schon früh auf den Beinen und brachte Schwung ins Haus. Früh aufstehen sei gesund, Morgenstund habe Gold im Mund, behauptete sie. Und man müsse den Tag mit guten Taten füllen. Sie rieb die Kupfertöpfe blank und maß dann die Fenster aus, weil sie aus Stockholm Vorhangstoff bestellen wollte.

»In meinem Stoffgeschäft gibt es ganz zauberhaft gemusterte Stoffe«, sagte sie. »Etwas Geblümtes ist hier genau das Richtige.«

»Hier gibt es viele Ratten«, sagte Großvater versuchsweise. »Richtig fette, große Viecher.«

»Die haben wir in der Stadt auch. Manchmal hüpfen sie sogar aus den Gullys auf die Straßen. Ratten sind abscheulich, aber ungefährlich.«

»Hier bei uns sind sie lebensgefährlich«, behauptete Großvater. »Tollwütig! Die alte Garbergbäuerin hat seinerzeit Tollwut bekommen. Hat gesabbert, dass ihr im Winter der Mund zugefroren ist, und dann ist sie verhungert.«

»Dagegen gibt es Impfungen«, sagte Tante Karin. »Hol du lieber Brennholz aus dem Schuppen, anstatt hier faul herumzusitzen! Und wasch dir vorm Essen die Hände!«

Großvater ging fast an die Decke, machte aber trotzdem, was Tante Karin gesagt hatte. Sie war eine Person, der man gehorchen musste.

Als die Frühstücksgrütze fertig war, setzten sie sich an den Tisch, und Tante Karin faltete die Hände.

»Wir beten«, sagte sie, dann fing sie an: »Vater unser im Himmel, geheiligt werde dein Name …«

Großvater murmelte mit, aber Kaspar verstand kein Wort. Unser Vater?, dachte er. Hatte er denn denselben Vater wie Tante Karin und Großvater? Eigenartig.

»So, jetzt können wir essen«, erklärte Tante Karin.

Sie aßen schweigend. Danach zog Großvater seine warme Jacke über, ging in den Schuppen und begann, Holzpferdchen zu schnitzen. Es ging ihm nicht gut, und dass er geblümte Vorhänge aus Stockholm bekommen sollte, ging ihm nachgerade wider die Natur.

Der Eingang zur Unterwelt

Heute wollten Kaspar und Lisa ihre Heuböckchen verkaufen. Es war höchste Zeit, denn morgen war Heiligabend, und nach Weihnachten würde kaum noch jemand Weihnachtsböckchen kaufen wollen. Weihnachtssachen wurden über Nacht total wertlos. Als Erstes marschierten sie mit ihren Böckchen zu Tante Karin in die Küche und fragten, ob sie eins kaufen wolle.

»Das ist ja Heu! Die fusseln ja!«, sagte Tante Karin. »Raus aus der Küche mit dem Zeug!«

»Das sind Weihnachtsböckchen, die *müssen* aus Heu sein«, versuchte Kaspar zu erklären.

»Ihr schleppt Dreck in die Küche«, sagte Tante Karin. »Die Küche ist das Herz des Hauses. Sie hat genauso sauber und rein zu sein wie das eigene Herz.«

Damit scheuchte sie die Kinder hinaus.

Danach versuchten Kaspar und Lisa, ihre Weihnachtsböckchen an Atom-Ragnar zu verkaufen. Immerhin kaufte er Großvaters Pferdchen, warum sollte er nicht auch Böckchen kaufen? Aber Atom-Ragnar lachte nur.

»Was soll das denn sein?«

»Strohböckchen«, sagte Lisa.

»Aber das ist doch Heu«, sagte Atom-Ragnar.

»Dann eben Heuböckchen«, sagte Lisa. »Als ob das so wichtig wäre!«

»Und Böckchen sind es auch nicht. Das sind nichts als komische Büschel Heu. Wollt ihr mir etwa Heu verkaufen? Glaubt ihr, ich hätte nicht alle Tassen im Schrank?«

Atom-Ragnar zeigte ihnen ein Weihnachtsböckchen aus Stroh, wie er sie im Sortiment hatte, und es war goldgelb und sehr schön, mit roten Bändern, in denen goldene Fäden schimmerten.

»*So* muss ein Weihnachtsböckchen aussehen«, erklärte er. »Eure komischen Heubüschel könnt ihr einem Pferd schenken.«

Kaspar und Lisa nahmen ihre Böckchen und gingen hinaus.

Draußen auf der Ladentreppe blieb Kaspar stehen

und sah das Eisengeländer an, während Lisa schon eine neue Geschäftsidee ausheckte.

»Wir verkaufen die Böckchen als Pferdegeschenke«, sagte sie. »Im Dorf gibt es drei Höfe, wo sie Pferde haben. Na, was sagst du jetzt, Kaspar?«

»Hijf mij!«, sagte Kaspar.

Lisa musste warmes Wasser holen.

Sie gingen durchs Dorf und klopften an die Türen, aber niemand wollte etwas kaufen. Die Pferdebesitzer sagten, sie hätten schon Heu für den ganzen Winter, und die Leute ohne Pferde litten entweder unter Heuschnupfen oder hatten schon echte Strohböckchen bei Atom-Ragnar gekauft.

»So ein Mist! Ist das vielleicht ein knauseriges Dorf!«, sagte Lisa.

Schließlich machten sie sich auf den Weg zu Birger am Lövtjärn. Er wohnte in einem kleinen Häuschen direkt am See. Der Weg dorthin führte durch den Wald. Birger war Künstler und würde selbst gemachte Heuböckchen zu schätzen wissen. Sie klopften an, und Birger machte ihnen auf. Er hielt Pinsel und Farbtuben in den Händen. Im Haus hing der schwere Geruch von Ölfarben. Birger malte an seinem Ewigkeitsbild. Das Motiv war die Aussicht auf den See. Wenn man aus seinem Fenster sah und dann das Bild anschaute, war es, als hätte man das Fenster mit der Aussicht auf den See herausgenommen und auf die Staffelei gestellt. Das Bild ließ sich nicht von der Wirklichkeit unterscheiden. Aber Birger hatte ein Problem: Das Bild wurde nie fertig, weil er damit den Jahreszeiten folgte. Im Sommer lag der Lövtjärn schwarz und geheimnisvoll im Wald, und im Sommer sah das Bild auch genauso aus. Doch dann kam der Herbst, und die Bäume rings um den See veränderten ihre Farben. Und da malte Birger den Herbst auf sein Bild.

Im Winter enthielt das Bild vor allem Weißtöne. Das Eis lag wie ein weißer Deckel auf dem Wasser. Jetzt gerade malte Birger Fuchsspuren in den Schnee, weil der Fuchs den See in der Nacht überquert hatte. Seit über zehn Jahren malte Birger an dem Bild, und inzwischen bedeckten unzählige Farbschichten die Leinwand, Schicht um Schicht, Jahreszeit um Jahreszeit. Wenn ein Baum am Ufer umgeweht wurde, musste Birger ihn übermalen. Und die Bäume, die größer wurden, musste er verlängern.

»Wofür soll das gut sein?«, fragte Lisa. »Du malst und malst doch immer nur am selben Bild.«

»Gut? Für gar nichts«, antwortete Birger.

»Aber du wirst ja nie fertig.«

»Muss man das denn?«, sagte Birger und tupfte

vorsichtig mit dem Pinsel auf die Leinwand, um die Fuchsspuren im Schnee zu malen. »Nichts wird jemals fertig oder erledigt. Alles wird zu etwas anderem, das auch nicht fertig wird.«

»Natürlich wird alles irgendwann mal fertig«, wandte Lisa ein.

Kaspar sagte nichts, er fand Birgers Bild toll. Wie eine Art Film. Es war nie dasselbe Bild.

»Alles ist eine einzige Bewegung«, sagte Birger und fuchtelte mit dem Pinsel durch die Luft. »Fertig wird man nie, höchstens fix und fertig.«

»Wir haben ein paar Heuböckchen«, sagte Lisa. »Die sind fertig.«

»Und *wir* sind fix und fertig«, fügte Kaspar hinzu.

Birger schaute sich die Böckchen an und entdeckte eines, das er interessant fand. Er sagte, es sei spannend und eine erfrischende Alternative zum traditionellen Strohböckchen. Eine Art Protest gegen das verlogene Weihnachtsgetue.

»Wenn ich es selbst gemacht hätte, würde ich es Narrenböckchen nennen«, sagte Birger und kaute nachdenklich am Pinselstiel.

»Was?«

Kaspar sah das Heuböckchen, über das Birger sprach, verwundert an.

»Ich kauf's«, sagte Birger.

»Birger ist der Einzige, der was versteht«, sagte Kaspar, als sie froh und immer noch überrascht durch den Wald nach Hause gingen.

»Trotzdem versteh ich überhaupt nichts«, sagte Lisa. »Was soll das heißen, alles wird in einer einzigen großen Bewegung zu etwas anderem? Als ob ich plötzlich ein Schneemann werden würde.«

»Jedenfalls versteht er was von Heuböckchen«, sagte Kaspar.

Kaspar und Lisa brachten ihre unverkauften Heuböckchen in den Schuppen, wo Großvater saß und Pferdchen schnitzte. Im Schuppen hatte er einigermaßen Ruhe vor Tante Karin. Aus dem Haus drang Orgelmusik.

»Gehen die Geschäfte gut?«, fragte er.

»Nein«, sagten Kaspar und Lisa im Chor, setzten sich auf die Hobelbank und baumelten mit den Beinen.

»Birger hat ein Böckchen gekauft, als Einziger«, sagte Lisa. »Er hat es Narrenböckchen getauft.«

»Atom-Ragnar kriegt für seine Böckchen fünfundzwanzig Kronen, und wir kriegen außer von Birger gar nichts«, sagte Kaspar.

»Atom-Ragnar ist selbst ein Heuböckchen«, sagte Lisa. »Ein Heubock.«

»Nein, ein Schneemensch«, sagte Kaspar.

Großvater gab jedem von ihnen ein Messer, damit sie ihm beim Schnitzen helfen konnten.

»Morgen krieg ich ein eigenes Messer«, sagte Kaspar.

»Sei dir da mal nicht zu sicher«, sagte Großvater. »Vorläufig musst du dich mit dem hier begnügen.«

»Aber als Weihnachtsgeschenk – da krieg ich doch ein eigenes Messer?«

»Frag nicht so viel! Nach Weihnachtsgeschenken soll man lieber nicht fragen. Eine ehrliche Antwort kann ganz schön enttäuschend sein. Oder die Überraschung verpufft und ist gar keine mehr.«

»Ich weiß, dass ich ein Messer kriege«, sagte Kaspar und begann zu schnitzen.

»Sei dir mal nicht so sicher! Die Sehnsucht ist auf Unsicherheit gebaut.«

Lisa wollte für ihr Pferd einen Schwanz haben.

»Das sind Dalapferde, die haben keine Schwänze«, erklärte Kaspar. »Der Schwanz wird später draufgemalt.«

»Och«, sagte Lisa und wandte sich an Großvater. »Darf ich mir von deinem angeblichen Riesenelch ein paar Haare für den Schwanz nehmen?«

»Angeblich?«, sagte Großvater und runzelte erbost die Brauen.

»Ich meine, von dem Fell.«

Großvater zögerte. Lisa legte den Kopf schief und lächelte.

»Bitte!«

»Na schön, aber nur ein paar vom Rand«, sagte Großvater. »Das Fell brauch ich fürs Eisangeln. Wenn man es vors Eisloch legt, hat man es schön warm.«

Lisa zog das Fell von dem Regalbrett, auf das sie es neulich wieder hinaufgehievt hatten, und schnitt ein Büschel Elchhaare ab.

»Angeblicher Riesenelch«, brummte Großvater. »Das war immerhin ein Vierundzwanzigender.«

»War es gar nicht«, sagte Kaspar. »Es war ein Nullender. Ein Elchkalb.«

»He, willst du etwa behaupten, dass ich lüge?«

»Vielleicht war es sogar überhaupt kein Elch«, sagte Lisa.

»Klar war das ein Elch, ein Siebenundzwanzigender!«, sagte Großvater.

»Bis zum Sommer wird daraus ein Hundertachtundfünfzigender«, sagte Kaspar.

»Schließlich wächst er«, sagte Großvater. »Oder vielmehr wäre er gewachsen. Wenn ich ihn nicht erlegt hätte.«

»Bist du ganz sicher, dass es ein Elch war?«, fragte Lisa.

»Klar war das ein Elch!«

»Ein Dreihundertvierzigender«, sagte Kaspar.

»Das Fell hier«, sagte Lisa, »hat viel mehr Ähnlichkeit mit dem Schneemenschen als das Beweisfoto in der *Welt der Wissenschaft*.«

Kaspar zupfte an dem Fell herum, und Lisa half ihm, es auseinanderzufalten. Tatsächlich, es hätte ohne Weiteres ein Schneemensch gewesen sein können.

»Nein, das war ein Elch«, sagte Großvater. »Mit Geweih und allem Drum und Dran.«

»Und wo ist dann das Geweih?«, fragte Lisa.

Großvater zögerte kurz, überlegte und sagte: »Das hab ich verkauft. Für so große Elchgeweihe kriegt man viel Geld. In Japan werden sie zu Medizin zermahlen.«

»Also, ein Geweih hat er ganz bestimmt nicht gehabt«, sagte Kaspar.

»Auf jeden Fall war es ein Elch«, sagte Großvater. »Und jetzt reden wir nicht mehr darüber!«

»Es war ein Schneemensch«, sagte Kaspar.

»Ja, bestimmt«, sagte Lisa.

Und plötzlich hörte Kaspar etwas. Er sah Lisa an. Sie hatte es auch gehört. Schritte, die sich um den Schuppen bewegten. Großvater legte das Schnitzmesser aus der Hand und hob den Kopf.

»Wer ist das?«

»Das Gespenst«, flüsterte Lisa.

Dass es am helllichten Tag spukte, war unfassbar. Es spukte sonst nie, wenn es hell war.

»Na, dieses Gespenst werden wir gleich aufgestöbert haben«, sagte Großvater.

Und damit riss er die Tür auf. In genau dem Moment, als draußen die Schritte vorbeigingen. Aber da war niemand.

»Was zum Teufel …?«, sagte Großvater.

Die Schritte bewegten sich weiter. Und als sie am Fenster vorbeikamen, war dort auch niemand zu sehen. Leicht wie ein Wind zischte das Gespenst durch die Reusenfalle. Dann verstummten die Schritte. Kaspar, Lisa und Großvater warteten lange, aber es war nichts mehr zu hören.

»Unheimlich«, sagte Großvater. »Wirklich unheimlich.«

»Da siehst du's«, sagte Kaspar. »Wir haben ein echtes Gespenst. Eins von der schlimmsten Sorte, das sogar am helllichten Tag spukt.«

Denn das machte es ja. Und ein Gespenst, das mitten am Tag spukte, war ganz klar unheimlicher als ein Nachtgespenst.

»Alles hat seine Erklärung«, sagte Großvater. »Aber zugegeben, das hier ist erstaunlich.«

»Die Erklärung ist die«, sagte Kaspar, »dass es hier ein Gespenst gibt. Einen unsichtbaren Geist aus der Unterwelt. Und der ist echt lebensgefährlich.«

»Glaubst du wirklich?«, fragte Großvater.

»Na klar«, sagte Kaspar.

»Etwas, das um den Schuppen geht«, sagte Großvater nachdenklich. »Etwas, das man hören, aber nicht sehen kann und das keine Spuren hinterlässt. Klingt tatsächlich fast nach einem Geist. Und fürs Geistliche ist Karin zuständig.«

»Heißt das, sie ist Expertin für Gespenster«, fragte Lisa.

»Gewissermaßen«, sagte Großvater.

Tante Karin saß am Küchentisch und schrieb einen Beitrag für die Zeitschrift *Wächter des Lichts.*

Kaspar erzählte ihr von dem Gespenst im Schuppen und dass Großvater es auch gehört habe. Großvater nickte. Und Lisa bestätigte es.

»Es gibt keine Gespenster«, versetzte Tante Karin kurz.

»Vielleicht war es Jesus«, sagte Kaspar. »Der ist ja zweitausend Jahre alt. Da müsste er fast ein Gespenst sein.«

»Jesus lebt in uns«, sagte Tante Karin. »Er lebt in den Menschen. Ja, sogar in deinem Großvater. Jesus ist die Liebe.«

Kaspar sah Großvater an. Dass noch jemand außer Großvater in Großvater lebte, das war schwer zu glauben.

»Wenn es kein Gespenst war«, sagte Großvater, »und auch nicht Jesus, dann war es wohl der Teufel höchstpersönlich, der unsichtbar um den Schuppen geschlichen ist.«

»Oder ein Schneemensch«, meinte Kaspar.

»Was ist das, ein Schneemensch?«, fragte Tante Karin.

Da warf Großvater Kaspar einen Blick zu und sagte: »Das ist einer, der ist drei Meter groß und dicht behaart, mit riesigen Hauern.«

»So was gibt es nicht«, sagte Tante Karin.

»Na, dann wird es wohl doch Jesus gewesen sein«, sagte Großvater.

Worauf Tante Karin so böse wurde, dass sie sich ans Harmonium setzte und die Katze, die Mäuse, Kaspar, Lisa und Großvater aus dem Haus spielte.

»Das war böse von mir«, sagte Großvater. »Das ist nicht in Ordnung. Aber ohne Schnupftabak und Bier werd ich nun mal böse. So, und jetzt besuche ich Birger am Lövtjärn, mal sehen, ob er eine kleine Stärkung für mich hat. Wenn ihr sonst nichts vorhabt, könnt ihr Isabell Holz vorbeibringen. Wahrscheinlich hat sie keins mehr. Aus ihrem Schornstein scheint kein Rauch zu kommen.«

»Vielleicht will sie ein Heuböckchen kaufen«, sagte Kaspar.

Doch das glaubte Lisa kaum. Isabell hatte noch nie irgendwas gekauft.

»Aber vielleicht weiß sie was über unser Gespenst«, sagte Lisa.

Genau. Wenn jemand etwas über das Gespenst wissen konnte, dann Isabell, dachte Kaspar. Schließlich war sie Expertin für Teufelsgestalten aus der Unterwelt.

Allerdings wollte er Isabell lieber nicht zu nahe kommen. Es war irgendwie, als würde ein Gift aus ihr heraussickern, ein Gift, das einem das Gehirn in Teig verwandelte.

»Traust du dich etwa nicht hin?«, fragte Lisa in einem schwer erträglichen spöttischen Ton.

»Klar trau ich mich.«

Also beluden sie den Holzkorb mit Holz, stellten ihn auf den Tretschlitten und fuhren zu Isabells verfallenem Häuschen. Nicht das kleinste Fitzelchen Rauch stieg aus ihrem Schornstein auf.

Drinnen saß Isabell in ihrem Schaukelstuhl und sah aus wie tot. Sie war dick eingemummelt, und im Haus war es genauso kalt wie im Freien. Aber der Schaukelstuhl schaukelte, demnach konnte sie zumindest nicht ganz tot sein. Kaspar und Lisa trugen das Holz hinein, und Isabell folgte ihnen mit dem Blick. Kaspar fröstelte und begann zu zittern. Plötzlich kam es ihm vor, als wäre es drinnen im

Häuschen noch viel kälter als draußen. Lisa legte Rinde und dürre Zweige in den Herd und zündete ein Feuer an. Dann schob sie Holzscheite nach, drehte sich zu Isabell um und sagte:

»Du musst Bescheid sagen, wenn das Holz alle ist, sonst erfrierst du noch.«

»Das hier ist doch nicht kalt! 1934, da war es kalt, da hatten wir sechsundvierzig Grad minus«, krächzte Isabell.

Kaspar schaute sich in dem düsteren Häuschen um. Durch Ritzen in der Wand hatte es Schnee hereingeweht. Auf dem Fensterbrett lag eine tote Maus, wahrscheinlich erfroren oder verhungert. Oder beides. Als Hausmaus sollte man wohl lieber nicht bei Isabell wohnen.

»Ich sitze hier und schmecke den Tod«, verkündete Isabell. »Da braucht man es nicht so warm zu haben.«

»Ja, aber jetzt wird es warm, ob du es willst oder nicht«, sagte Lisa. »Schmeck ruhig weiter, nur erfrieren, das darfst du nicht.«

Lisa war in den vergangenen Monaten ziemlich oft bei Isabell gewesen, um ihr zu helfen. Lisas Mutter schickte sie immer wieder mit Essen und sauberen Kleidern zu der Alten. Anfangs war es ihr unheimlich gewesen, aber inzwischen hatte sie sich an Isabells verrücktes Geschwätz gewöhnt.

Kaspar dagegen hatte sich nicht daran gewöhnt. Er wollte weg von hier, nach Hause. Bei Isabell war alles nur gruselig. Aber er hatte eine wichtige Frage, die er stellen wollte, darum nahm er jetzt allen Mut zusammen und sagte:

»Wo liegt der Eingang zur Unterwelt? Oder, ich meine, der Ausgang aus der Unterwelt? Oder so …«

Isabell hörte auf zu schaukeln und kniff die Augen zusammen.

»So was darf ein kleiner Junge wie du nicht wissen. Das ist sehr gefährlich. Sehr gefährlich.«

Lisa ging durch die Küche und sah nach, ob die Alte etwas zu essen im Haus hatte. Einen steinharten Brotlaib und ein paar verschrumpelte Kartoffeln, die schon keimten, war alles, was sie in den Schränken fand. Sie würde ihre Mutter bitten, einen Korb mit Esssachen zu füllen. Es war ein Wunder, dass die Alte überlebte.

»Aber gibt es irgendwo einen Tunnel oder so was?«, fragte Kaspar. »Das ist wichtig, ein unterirdischer Geist ist nämlich heraufgeschlüpft und hat sich in Großvaters Schuppen eingenistet.«

Isabell schloss die Augen, begann wieder zu schaukeln und sagte: »Vor vielen Hundert Jahren wollten die Menschen hier im Dorf eine Kirche bauen. Aber es ging nicht. Mitten im Dorf sollte die Kirche stehen. Die Menschen bauten tagsüber. Mauerten Stein auf Stein. Aber jeden Morgen mussten sie von vorne anfangen, denn immer wieder lag da nur ein Steinhaufen.«

»Und dann?«, fragte Kaspar. »Was ist dann passiert?«

Isabell hielt die Armlehnen fest umklammert und kaute leer vor sich hin.

»Sag, was ist dann passiert?«

Isabell hörte so plötzlich auf zu schaukeln, dass Kaspar erschrak. Hoffentlich stirbt sie jetzt nicht, dachte er. Sonst erfahre ich nie, was passiert ist.

Aber Isabell war nicht tot. Sie öffnete ein Auge. Es glänzte feucht, und das Feuer im Herd spiegelte sich darin, dass es aussah, als würde das Auge brennen. Leise sagte sie:

»Die Kirche wurde deshalb nie fertig, weil man versucht hatte, sie direkt über einem Eingang zur Unterwelt zu bauen. Das Teufelsgelichter darunter bebte so sehr vor Wut, dass die Kirchenmauern einstürzten. Da bekamen die Menschen Angst und bauten die Kirche woandershin. Jetzt steht sie in der Stadt, aber eigentlich hätte sie bei uns im Dorf stehen sollen.«

Kaspar musste an die Katze denken. Irgendwie hatte sie damit zu tun, das spürte er. Aber da war noch etwas anderes. Es fiel ihm nicht ein, er spürte nur, dass es ihm fast eingefallen wäre. In seinem Kopf drehte sich alles.

»Daran glaub ich nicht«, sagte Lisa und legte mehr Holz ins Feuer. »In der Schule haben wir gerade gelernt, dass es unter dem Erdboden nur Steine, Moränen, Lehm und Fels gibt. Oder manchmal kann man auch Öl und Gas finden. Im Innersten der Erde glüht geschmolzenes Gestein, das nennt man Magma oder so. Jedenfalls ist es das, was aus den Vulkanen hochkommt.«

»Feuer, Glut und Hölle«, murmelte Isabell. »Wer nicht glaubt, der wird heimgesucht. Denn aus der Unterwelt kommen die verirrten verlorenen Seelen, die am Jüngsten Tag keine Rettung zu erwarten haben. Arme, unselige Geister, von denen Gott sich abgewandt hat. Die höre ich jede Nacht.«

»Bei uns im Schuppen ist so einer, glaube ich«, sagte Kaspar.

»Dann seid ihr übel dran, das kannst du mir glauben«, sagte Isabell.

Kaspar lief es kalt über den ganzen Körper, obwohl es in der Küche recht warm geworden war. Er wollte nach Hause.

Sie verabschiedeten sich von Isabell und fuhren auf dem Tretschlitten davon. Inzwischen war es schon dunkel.

»Isabell spinnt«, sagte Lisa.

»Nein«, sagte Kaspar.

»Doch, ihr Gehirn hat einen Frostschaden abbekommen.«

»Aber unser Schuppengespenst«, wandte Kaspar ein. »Sie hat doch die Erklärung dafür gehabt.«

»Da gibt's bestimmt eine bessere«, sagte Lisa.

»Ich find die Erklärung gut«, sagte Kaspar.

Lisa musste nach Hause, um den Baum zu schmücken.

»Wir haben unseren schon geschmückt«, sagte Kaspar. »Und auf die Spitze haben wir ein Holzpferdchen gesteckt.«

»Das geht doch nicht«, sagte Lisa.

»So, findest du? Aber wir haben's gemacht, und es geht gut.«

»Auf die Spitze gehört ein Stern!«

»Die Briefkästen!«, sagte Kaspar. »Der Steinhaufen bei den Briefkästen!«

Kaspar stellte den Tretschlitten neben die Haustreppe und ging hinein. Inzwischen spielte Tante Karin nicht mehr Harmonium, also konnte man sich im Haus aufhalten. Sie saß in der Küche und schrieb. Ihr Stift fuhr rasch und leicht übers Papier. Großvater war mit seinen Hechthaken beschäftigt, die er an neuen Angelschnüren befestigte. Tante Karin fand zwar, das könne er draußen im Schuppen erledigen, aber Großvater grunzte nur und blieb mit seinem Angelzeug am Küchentisch sitzen.

»Der Ausgang der Unterwelt liegt bei den Briefkästen«, verkündete Kaspar.

Tante Karins Stift rutschte aus, und sie sah auf.

»Was für ein Unsinn ist das denn? Es gibt einen Eingang zum Himmel, das schon. Aber um den zu finden, braucht man ein ganzes Leben, und es geht nur mit dem Herzen.«

Rein und raus, dachte Kaspar. Wenn es einen Eingang gibt, dann gibt es auch einen Ausgang. Das begreift doch jeder.

Dann sagte er: »Der Steinhaufen war eine Kirche, die der Teufel immer wieder eingerissen hat. Darunter liegt der Ausgang.«

Plötzlich machte Tante Karin ein sehr strenges Gesicht. Sie wandte sich an Großvater und fragte: »Habt ihr hier eigentlich eine Sonntagsschule? Wenn ja, schickst du den Jungen schleunigst hin, damit er ein bisschen Gottesfurcht lernt!«

»Da war keine Kirche«, sagte Großvater zu Kaspar. »Die Steine bei den Briefkästen stammen alle vom Straßenbau.«

»Nein!«, sagte Kaspar. »Das ist der Ausgang aus der Unterwelt. Da ist unser Gespenst rausgeschlüpft. Und weil so viel Schnee liegt, findet es nicht mehr zurück. Das Gespenst hat sich verirrt.«

Tante Karin sah noch strenger aus, als sie sagte: »Ich werde das mit der Sonntagsschule umgehend in die Wege leiten. Dort wird er die biblische Geschichte lernen, das wird ihm guttun.«

»Aber Isabell sagt …«

Kaspar wollte so schnell nicht aufgeben.

»Sei still!«, sagte Großvater. »Die Steine liegen da, seit die Straße gebaut wurde. Ich bin selbst dabei gewesen. Als Steineklopfer.«

Kaspar wurde ganz verwirrt. Es gab zwei Möglichkeiten. Er hatte zwei Steinhaufen zur Auswahl. Den Eingang zur Unterwelt oder die Reste eines ganz normalen Straßenbaus. Er entschied sich für den Eingang zur Unterwelt, weil es logisch war. Denn wenn es einen Weg nach oben gab, wie Tante Karin behauptete, wieso dann nicht auch einen nach unten?

An diesem Abend drückte Tante Karin Kaspar und Großvater je ein Gesangbuch in die Hand, um mit ihnen fromme Weihnachtslieder zu üben. Sie selbst saß am Harmonium, griff in die Tasten und traktierte die Pedale. Kaspar konnte nicht singen, aber er versuchte es immerhin. Großvater brummte nur vor sich hin. Draußen war es dunkel und sternenklar.

Atom-Ragnar, der mit Waren zu Frau Åhman unterwegs war, kam auf seinem Tretschlitten vorbei, und die Musik ließ ihn anhalten. Erstaunt stand er da und horchte. Kirchenlieder zu Orgelklängen? Da musste er doch glatt einen Besuch machen. Er trat ein, ohne anzuklopfen. Ein noch nie da gewesener Anblick bot sich ihm: Großvater stand frisch rasiert und sauber gekleidet mit einem Gesangbuch in der guten Stube, während eine dicke Frau Harmonium spielte. Und das Haus des Alten war nicht wiederzuerkennen, es war blitzblank und aufgeräumt wie ein Gemeindesaal. Atom-Ragnar räusperte sich, und Großvater sah vom Gesangbuch auf.

»Ist das hier ein Vorsingen für den Knabenchor der Kirchengemeinde?«, fragte Atom-Ragnar munter. »Oder probt ihr für die Sonntagsschule?«

Es war Großvater unerhört peinlich, in so einer Situation erwischt zu werden. Er würde zum Gespött des Dorfes, das stand fest.

»Nein«, sagte er. »Es handelt sich um eine Zwangsrekrutierung.«

»Aha, das wollte ich nur wissen. – Will nicht länger stören!«

Damit trat Atom-Ragnar lachend auf die Treppe hinaus.

»Schluss mit der Singerei!«, knurrte Großvater gereizt und legte das Gesangbuch weg. »Ich geh auf einen Sprung zu Birger.«

»Gnade dir Gott, wenn du Bier trinkst!«, sagte Tante Karin. »Das gehört sich nicht für den Tag vor Heiligabend!«

»Ich bin siebzig Jahre alt«, sagte Großvater, »bin bei klarem Verstand und habe noch immer selbst die Verantwortung für mich und mein Leben getragen.«

»Oh ja, selbstverständlich«, sagte Tante Karin. »Und darum ist hier auch alles so geworden, wie es geworden ist! Du kannst dankbar sein, dass ich gekommen bin und für Ordnung gesorgt habe!«

Aber Großvater hatte das Haus bereits verlassen.

Kaspar musste allein weitersingen, während Tante Karin in die Tasten griff und die Pedale trat.

Morgen war Heiligabend. Morgen würde er ein eigenes Messer bekommen. Davon war er überzeugt. Er wusste, wo Großvater das Päckchen versteckt hatte, und es sah von außen aus wie ein Messer.

Die Schlange und der Apfel

Als Kaspar am Morgen des Vierundzwanzigsten aufwachte, dachte er an zwei Dinge: an das Päckchen und an Wunderkerzen. Großvater dachte auch an zwei Dinge: an den Weihnachtshecht und das Weihnachtsbier.

Für Großvater und Kaspar gehörte es zu Weihnachten, an diesem Morgen mit dem Tretschlitten auf den zugefrorenen Siljansee hinauszufahren und einen Hecht fürs Weihnachtsessen zu angeln. Seit Kaspar sich erinnern konnte, hielten sie es so. Als Erstes machte Großvater am Ufer ein Feuer, auf dem sie Würste grillten, während sie darauf warteten, dass der Hecht anbiss. Kaspar hatte die Aufgabe, die kleinen Barsche aus dem Eisloch zu angeln, mit denen Großvater die Hechthaken bestückte. Sie arbeiteten sozusagen als Team. Kaspar war für die Kleinanglerei zuständig und Großvater für den großen Fang, den Hecht.

Das Weihnachtsangeln klappte immer. Der mit Sardellen gefüllte gebackene Hecht mit seinen weißen Kugelaugen kam jedes Jahr an Weihnachten auf den Tisch. Aber einen Weihnachtshecht aus dem Siljansee zu fangen war genauso schwierig, wie einen Weihnachtsbaum aus dem Wald zu holen, denn beides gehörte Åhman. Alle Gewässer gehörten ihm, und damit auch die Fische im Wasser, genau wie der Wald ringsum und die Bäume darin. Also galt es, einen Weihnachtshecht zu fangen, ohne als Schwarzangler erwischt zu werden. Nicht erwischt zu werden, das gehörte auch zur Weihnachtstradition.

Jetzt packten Kaspar und Großvater ihre Ausrüstung ein: den Eisbohrer, Angelleinen, Eisangelruten und das Elchfell, auf dem sie sitzen wollten.

»Wohin wollt ihr?«, fragte Tante Karin.

»Einen Hecht fangen, einen Weihnachtshecht.«

»Kommt gar nicht infrage!«, sagte Tante Karin.

»Aber das ist Tradition«, protestierte Großvater.

»Dann gibt es ab heute eine neue Tradition. Wir werden ein stilles, vergeistigtes Weihnachtsfest feiern.«

»Aber«, stotterte Großvater. »Aber …«

»An Heiligabend tötet man keine Tiere«, sagte Tante Karin und griff in die Tasten des Harmoniums.

Sie spielte den ganzen Vormittag, bis Großvater in den Schuppen fliehen wollte, um Pferdchen zu schnitzen. Aber an Heiligabend durfte man nicht arbeiten. Tante Karin bestand darauf, dass sich das absolut nicht gehöre.

»Der Feiertag muss geheiligt werden«, sagte sie und orgelte unverdrossen weiter.

Großvater stopfte sich Papier in die Ohren.

»Ich will einen Hecht angeln«, sagte Kaspar.

Aber Großvater sah ihn nur düster an und sagte: »An Heiligabend darf man nur die Orgelpedale treten, sonst nichts.«

»Und was ist mit den Wunderkerzen? Eine Wunderkerze können wir doch anzünden?«

Also zündeten sie eine Wunderkerze an und starrten in das Gefunkel. Kaspar war seltsam enttäuscht. Eine Wunderkerze machte noch kein Weihnachten. Eigentlich hätten sie jetzt auf dem Siljansee sein müssen, um einen Hecht zu angeln. Sie hätten am Ufer sitzen und ein Feuer machen und Würste grillen sollen. Und hinterher nach Hause fahren, den Hecht mit Sardellen füllen und in den Backofen schieben. Irgendwann wäre dann

Birger gekommen, um mit Großvater Glühwein zu trinken und Kaspar irgendein geheimnisvolles Päckchen zu überreichen. Aber dieses Jahr würde Birger nicht kommen.

Die Wunderkerze hatte ausgefunkelt und war erloschen. Kaspar seufzte. Großvater warf den schwarzen Draht in den Abfall, und es zischte kurz auf.

»Können wir nicht alle Wunderkerzen auf einmal anzünden?«, schlug Kaspar vor. »Wir hängen sie in den Weihnachtsbaum und zünden sie an.«

»Das heben wir uns für heute Abend auf, wenn es richtig dunkel ist«, sagte Großvater.

Kaspar gab ihm recht. Wunderkerzen bei Tageslicht waren kein bisschen magisch.

Großvater deckte den Tisch. Lustlos stellte er Hering, Weihnachtswurst, Kaspars Würstchen, Schinken, Kartoffeln und keinen Hecht und kein Bier hin. Seine Augen waren auf die Stelle gerichtet, wo die Bierflasche hätte stehen sollen. Er hätte sie am Tisch geöffnet und direkt aus der Flasche getrunken und sich dann den Mund abgewischt.

Großvater fuhrwerkte mit den Händen vor seinem Gesicht herum.

»Was machst du denn da?«, fragte Tante Karin, die fertig gespielt hatte und jetzt zum Essen kam.

»Kein Bier trinken.«

»Gut.«

Sie sprachen das Tischgebet und begannen zu essen. Kaspar aß ausschließlich seine besonderen Würstchen. Großvater aß fast gar nichts. Er stocherte ein bisschen im Schinken und trank Wasser. Tante Karin futterte dafür umso mehr. Sie schien vor Glück zu leuchten. Während sie kaute, hielt sie Kaspar eine Predigt darüber, warum man Weihnachten feiert. Sie erzählte von der Geburt des Jesuskindes und den drei Weisen und dem Stern, der über Bethlehem leuchtete. Doch das kannte Kaspar ja alles schon. Vor den Ferien hatte er im Krippenspiel der Schule ein Kamel gespielt. Einer der Weisen aus dem Morgenland war auf dem Kamel Kaspar zur Krippe geritten. Aber Tante Karin redete ununterbrochen weiter, bis sie bei der Weihnachtswurst angelangt war. Da schrie sie plötzlich:

»Die ist ja sauer! Die Wurst ist schlecht! Die kann man nicht essen!«

Sie spuckte alles in den Ausguss und verzog grässlich das Gesicht.

»Verkauft euer Kaufmann solche Wurst? Das ist Betrug, Gaunerei! So ein Verbrecher!«

Großvater nahm es gelassen.

»Atom-Ragnars Wurst ist manchmal sauer und manchmal nicht. Das war schon immer so, kein Grund zur Aufregung.«

»Ha! Mit diesem Herrn werde ich noch ein ernstes Wörtchen reden, verlasst euch drauf!«

Die Wurst schmeckte leicht säuerlich, das fand Kaspar auch, als er ein Stück davon probierte, aber das war nicht weiter schlimm. Tante Karin hatte ja keine Ahnung, was eine richtig saure Wurst war. Da hätte sie erst mal eins von Atom-Ragnars Sonderangeboten essen sollen!

Die saure Wurst hatte Tante Karin aus ihrer weihnachtlichen Stimmung gerissen, aber sie erholte sich schnell wieder. Denn nach dem Essen kam der eigentliche Weihnachtsabend, der das Haus mit weihnachtlicher Krippenwärme erfüllen sollte.

Kaspar und Großvater mussten sich neben dem Harmonium aufstellen. Tante Karin strahlte und sagte, es sei schon immer ihr Traum gewesen, zu missionieren.

»Was ist das denn?«, fragte Kaspar.

»Eine Berufung«, sagte Tante Karin. »Wenn man sie empfindet, will man armen, verirrten Menschen in fernen, finsteren Ländern klarmachen, dass sie es so schwer haben und hungern müssen, weil sie an den falschen Gott glauben.«

»Man könnte ihnen doch einfach eine Wurst schicken«, sagte Kaspar.

»Red nicht so dummes Zeug!«, sagte Tante Karin. »Eine Wurst reicht nicht weit. Aber mit dem rechten Glauben und Gottes Hilfe können Wunder geschehen.«

»Werden dann aus einer Wurst viele Hundert Würste?«, fragte Kaspar. »Bei so einem Wunder, meine ich.«

Großvater schaute seufzend aus dem Fenster und sagte: »Ja, ja, schon dumm. Da glauben die Leute jahrtausendelang an den falschen Gott und merken es in ihrer Einfalt nicht mal.«

»Gibt es denn mehrere Götter?«, fragte Kaspar.

»Ja«, sagte Großvater. »Und überall auf der Welt glauben die Menschen, ausgerechnet *ihr* Gott sei der einzig richtige. Und dann fangen sie an, sich zu bekämpfen. Wer es schafft, alle anderen zu erschlagen, bleibt dann mit dem richtigen Gott übrig. Aber nur, bis der Nächste mit seinem einzig richtigen Gott daherkommt und auch alle erschlägt.«

»Du weißt ja nicht, wovon du redest!«, sagte Tante Karin empört. »Mein Gott ist mein Gott, und sein Sohn heißt Jesus, und den feiern wir heute.«

Kaspar wurde es schwindelig, und sowieso wollte er endlich Geschenke auspacken. Großvater schüttelte sich, als würde er frieren. Er sah krank aus, kränker als im letzten Frühjahr, als er Lungenentzündung gehabt hatte. Das lag wohl daran, dass alles so geistlich war.

Als Tante Karin den ersten Akkord auf dem Harmonium anschlug, beugte sich Großvater zu Kaspar hinunter und sagte ihm ins Ohr: »Hoffentlich fährt sie gleich morgen zum Missionieren nach Afrika!«

»Haben die dort einen falschen Gott?«, schrie Kaspar in das Orgelbrausen hinein. »Und erschlägt sie die dann?«

Tante Karin hörte auf zu spielen.

»Ihr sollt nicht quatschen, ihr sollt singen!«, schimpfte sie und fing noch mal von vorne an.

Großvater sang, aber sehr unwillig und nur um des lieben Weihnachtsfriedens willen. Obwohl von Weihnachtsfrieden ja wohl keine Rede sein konnte. Großvater selbst war von Kopf bis Fuß auf Unfrieden eingestellt und kam sich richtig böse vor. Karin meinte es wahrscheinlich nur gut, aber er wurde von Tag zu Tag böser, und er konnte nichts dagegen machen.

Kaspar sang wegen der Geschenke. Da wollte er nichts riskieren und auf Nummer sicher gehen.

Tante Karin traktierte glücklich ihr Harmonium, orgelte ein Kirchenlied nach dem andern und schien ganz und gar von Weihnachtsstimmung erfüllt.

Kaspar kam es fast so vor, als säße sie in einer Musikrakete, und er musste kurz über Raketen nachdenken. Ob es wohl möglich wäre, eine zu bauen, die groß genug war, um mit Tante Karin in den Himmel zu fliegen? Er würde mit Lisa darüber sprechen, die ging ja schon in die Vierte. Das Hauptproblem wäre wohl, genügend Pulver zu besorgen, denn Tante Karin war eindeutig eine sehr schwere Tante.

Großvater, der die Stille liebte, hasste das Georgel und stellte ganz ähnliche Überlegungen an. Nur spielten bei ihm keine Raketen eine Rolle, und er wollte Tante Karin auch nicht in den Himmel schicken. Er dachte eher an einen Zug, der sie nach Stockholm zurückbrachte.

Während sie sangen, kam die Dämmerung. Vor dem Fenster schwebten Schneeflocken herab.

»So, genug gesungen!«, sagte Großvater.

»Nein«, sagte Tante Karin. »Noch ein Lied!«

»Auf keinen Fall«, sagte Großvater und ließ sich in den Sessel sinken. Man sah ihm an, dass er zum Widerstand entschlossen war.

»Können wir bitte die Wunderkerzen am Weihnachtsbaum anzünden!«, sagte Kaspar. »Es ist doch schon dunkel.«

Also hängte Großvater die Wunderkerzen in den Baum und zündete sie an. Der Baum leuchtete, lebte und sprühte. Ein kurzer Moment von Weihnachtszauber entstand. Kaspar ließ sich keinen einzigen Funken entgehen. Die Wunderkerzen flackerten auf und erloschen nach und nach in derselben Reihenfolge, in der sie angezündet worden waren.

»Noch mehr Wunderkerzen!«, bat Kaspar.

»Das waren alle, mehr sind nicht da. Aber jetzt kriegst du dein Weihnachtsgeschenk.«

Großvater holte das kleine längliche Päckchen hervor. Kaspar öffnete es voller Eifer, obwohl er wusste, was es war. Ein Messer, ein scharfes Fahrtenmesser mit Handschutz. Perfekt, um Pferdchen damit zu schnitzen, aber nicht nur dafür.

»Ein Messer!«, rief Tante Karin aus. »Schenkst du dem Jungen etwa ein Messer? Da kann er sich ja schneiden!«

»Klar kann er sich schneiden, das gehört dazu, wenn man mit einem Messer umgeht. Man schneidet sich ein Leben lang.«

»Unerhört! Das nehme ich erst mal an mich!«, erklärte Tante Karin. »Für so etwas ist er noch viel zu klein. Messer sind nichts für Kinder!«

Der Schneemensch!, dachte Kaspar. Der Schneemensch soll kommen, jetzt sofort, und Tante Karin auf einen Berggipfel im Himalaya entführen. Er soll die Tür mit seinen Riesenfüßen eintreten und entsetzlich brüllen. AAAHHHORRRKKK! soll er brüllen und sich die große dicke Tante unter den zottigen Arm klemmen und mit ihr verschwinden.

»Das Messer gehört dem Jungen«, sagte Großvater. »Er hilft mir beim Pferdeschnitzen. Er soll sein eigenes Messer haben.«

»Das Messer kommt in meine Obhut«, sagte Tante Karin und nahm es. »Du bekommst dafür etwas anderes.«

Dann wühlte sie in ihrem Koffer, holte eine viereckiges flaches Päckchen heraus und gab es Kaspar.

Großvater seufzte, und es klang resigniert. Er war eben keine Kämpfernatur. Normalerweise gab es nicht viel, worum er kämpfen musste, also hatte er auch keine Übung darin. Aber Tante Karin, die hatte anscheinend Übung! Die musste in der Heilsarmee zu irgendeiner Spezialeinheit gehören, zu den Sturmtruppen oder so.

Tante Karins Geschenk war ein Buch, die Schöpfungsgeschichte mit Adam und Eva. Es handelte von den sieben Tagen, als Gott die Welt und alles Leben erschuf. Das Buch hatte schöne Bilder. Kaspar blätterte und las langsam und stockend von Adam, dem ersten Menschen auf der Erde, und Eva, dem zweiten. Sie lebten glücklich im Garten Eden, das war das Paradies, und alles war ganz wunderbar. Ein Tag schöner als der andere, nichts Schlimmes passierte – nichts als Glück, bis eine Schlange kam und alles kaputt machte. Im Garten Eden gab es einen Apfelbaum mit verbotenen Äpfeln. Adam und Eva durften keinen von diesen Äpfeln essen, denn dann würde Gott sie aus dem Garten Eden vertreiben, und sie könnten nie mehr richtig glücklich werden. Die Schlange aber verlockte sie dazu, einen von den Äpfeln zu essen. Da wurde Gott schrecklich böse. Adam und Eva mussten zusammenpacken und in die Welt hinausziehen, wo es Elend, Kummer und Sorgen gab. Das Paradies verschloss Gott für immer. Das war die Strafe dafür, dass sie der Versuchung nachgegeben hatten.

Das mit der Strafe konnte man verstehen, fand Kaspar. Wenn man etwas Falsches machte, passierte meistens so was. Wenn man in Åhmans Scheunen spielte, zog einen Åhman an den Ohren hoch. Versuchte man, Frau Åhman verschwinden zu lassen, bekam man eine geknallt.

Aber dass es Gott gelang, die ganze Welt in sieben Tagen zu erschaffen, das war nicht so leicht zu verstehen. Jede einzelne Ameise, alle Fische und Bären und Tannen und Steine. Das war sehr schwer zu verstehen.

Versuchung und Strafe, dachte Kaspar. Wenn man ein frostiges Eisengeländer ableckte, blieb man hängen. War die Versuchung die seltsame Kraft, die ihn jedes Mal zu dem Geländer hinzog? Versuchung und Strafe. Verbotener Apfel und eisiges Geländer – Vertreibung aus dem Paradies und eine festgeklebte Zunge. War es im Grunde dieselbe Geschichte? Im Sommer verspürte er komischerweise nicht den Drang, die Zunge ans Eisengeländer zu halten. Im Sommer machten so was nur Idioten.

»Dies ist ein erbauliches und lehrreiches Buch«, sagte Tante Karin. »Genau das Richtige für Kinder. Nicht wie scharfe Messer.«

Kaspar musste an die Schlange denken.

Großvater blätterte auch in dem Buch.

»Im Grunde ist es eine Räuberpistole«, sagte er.

»Quatschkopf!«, schimpfte Tante Karin.

Kaspar nahm das Buch wieder an sich.

»Ist das mit der Schöpfung wirklich so schnell gegangen, in nur sieben Tagen?«, fragte er nachdenklich. »Ich meine, so was wäre doch bestimmt Weltrekord. In sieben Tagen schafft es Großvater gerade mal, fünfzig Holzpferdchen zu schnitzen und einen halben Kasten Bier auszutrinken.«

»So wie in dem Buch ist es auch nicht gewesen«, sagte Großvater. »Es hat länger gedauert, Millionen Jahre.«

»Sieben Tage«, sagte Tante Karin. »Nicht einen einzigen Tag mehr, denn so sagt es die Schrift.«

»Schau dir das hier mal an!«, sagte Großvater und zeigte auf den Bauch des nackten Adam auf einem Bild im Buch. »Er hat einen Nabel!«

»Ist doch klar, dass er einen Nabel hat«, sagte

Tante Karin und streichelte die Katze, die ihr auf den Schoß gesprungen war. »*Jeder* hat einen Nabel.«

Großvater machte ein hinterhältiges Gesicht.

»Aber Adam war doch der erste Mensch auf der Erde. Da kann er ja wohl keine Mutter gehabt haben – also gab es auch keine Nabelschnur und also auch keinen Nabel.«

Tante Karin schubste die Katze vom Schoß und stand auf.

»Lass mal sehen!«, sagte sie, nahm das Buch und musterte das Bild lange und nachdenklich.

»Die haben das falsch gezeichnet«, sagte sie schließlich.

Kaspar wurde müde. Er nahm das Buch und legte sich damit auf die Küchenbank. Die Schöpfungsgeschichte war ein gutes Buch. Er las und grübelte. Eigentlich hatte die Schlange ja die Hauptrolle. Ohne die wäre nichts passiert. Alles wäre für immer genau gleich geblieben.

Großvater trat ans Fenster und zündete ein paar Kerzen auf dem Fensterbrett an.

»Die Entstehung und der Sinn des Lebens«, sagte er langsam. »Je länger ich darüber nachdenke, desto mehr kommt mir alles wie eine zielstrebige Sinnlosigkeit vor. Von der Ursuppe des Universums bis zu mir, das ist eine ganz schön lange Strecke. Viele Milliarden Jahre.«

»Quatschkopf«, sagte Tante Karin.

»Ich glaube an die Sinnlosigkeit«, sagte Großvater. »An die zielstrebige Sinnlosigkeit der Natur. Alles scheint auf einen Sinn hin zu leben, aber ich glaube nicht, dass es diesen Sinn gibt. Es gibt nur Leben und eine schöne Sinnlosigkeit. Es ist ganz einfach, nur dass man's eben nicht begreifen kann. Es ist unbegreiflich einfach, könnte man auch sagen.«

»So ein Unsinn!«, sagte Tante Karin. »So einen Unsinn darf man nicht glauben. Außerdem versteh ich kein Wort von dem, was du sagst.«

»Ich auch nicht«, sagte Großvater. »Darum sag ich ja, dass es unbegreiflich ist. Aber genau daran glaube ich. Also bin ich auch gläubig, nur auf meine Weise.«

»*Ich* glaub an den Schneemenschen«, sagte Kaspar von der Küchenbank.

Draußen fiel der Schnee, Milliarden von leicht tanzenden Flocken. Keine war wie die andere. Großvater und Tante Karin saßen lange schweigend da. Die Katze war wieder auf Tante Karins Schoß gesprungen und schnurrte friedlich, während sie gestreichelt wurde.

»Wie lange gedenkst du noch in unserer schlichten Behausung zu bleiben?«, fragte Großvater schließlich.

»Bis ich weiß, dass ihr allein zurechtkommt. Wenn

nötig, bleibe ich das ganze Frühjahr. Der Junge braucht dringend eine Erziehung.«

Das ganze Frühjahr. Großvater hatte Zweifel, ob er das überleben würde.

Kaspar wachte mitten in der Nacht auf und konnte nicht wieder einschlafen. Er wälzte sich hin und her und dachte an sein Messer. Schließlich stupste er Großvater, der neben ihm lag und schnarchte.

»Opa, ich will, dass sie nach Hause fährt.«

»Mmmmm«, machte Großvater.

»Der Schneemensch könnte uns retten«, sagte Kaspar.

»Der Schneemensch?«

»Ja. Der Schneemensch könnte hier reinstürmen und wumm-peng-krach die Tür mit seinen großen Klodeckelfüßen eintreten. Er könnte Tante Karin in den Himalaya schleppen und sie dort auf einen Berggipfel setzen.«

»Schlaf jetzt, es gibt keinen Schneemenschen. Und die Sache mit dem Messer bringen wir in Ordnung, wenn sie abgereist ist.«

»Aber was ist, wenn sie *nicht* abreist?«

»Dafür müssen wir eben sorgen«, sagte Großvater. »Irgendwas fällt uns schon ein, wie wir sie loswerden.«

»Der Schneemensch«, sagte Kaspar.

»Schlaf jetzt!«, sagte Großvater.

Als der Schneemensch ins Dorf kam

Inzwischen konnte Kaspar das Vaterunser, das sie als Tischgebet sprachen, auswendig. Tante Karin tätschelte ihm stolz den Kopf.

»Was willst du denn mal werden, wenn du groß bist?«

»Ich will Holzpferdchen schnitzen, Hechte angeln, Schnupftabak schnupfen und Bier trinken.«

Tante Karin warf Großvater einen vielsagenden Blick zu.

»Kein Wunder, wenn der Junge hier bei dir verkommt. Er braucht dringend mehr Kultur. Er muss erbauliche und lehrreiche Bücher lesen, ein Instrument spielen und Manieren lernen.«

Marinieren?, wunderte sich Kaspar im Stillen.

»Kaspar stellt sich beim Pferdeschnitzen sehr geschickt an«, sagte Großvater.

»Jedenfalls sollte er ein Instrument spielen, das tut der Seele gut«, sagte Tante Karin und begann zu orgeln.

Wieder einmal strömte Musik ins Zimmer, Kaskaden von Tönen pressten sich durch die Fugen des Harmoniums, und das ganze Häuschen schien unter ihrem Druck zu ächzen und zu stöhnen. Großvater floh zu Birger.

Und *was* soll ich marinieren lernen?, überlegte Kaspar. Oder meint sie, ich soll selbst mariniert werden? Wie ein Hering? Im Krippenspiel der Schule war er ja ein Kamel gewesen, das vor der Krippe des Jesuskindes Heu gefressen hatte. Und Großvater hatte zugeschaut und gesagt, Kaspar sei ein gutes Kamel gewesen. Aber ein Hering?

Jemand klopfte an die Tür, dann kam Lisa herein. Sie hatte neue Skistiefel an. Und eine neue Mütze und neue dicke Fausthandschuhe, alles Weihnachtsgeschenke. Auch neue Skier und neue Schlittschuhe hatte sie bekommen und schließlich das Beste von allem: einen echten Hamster.

»Und was hast *du* gekriegt?«, fragte sie Kaspar.

Er zeigte ihr das Buch mit der Schöpfungsgeschichte.

»Aber das Messer, hast du denn kein Messer bekommen?«

»Doch, aber das hat mir Tante Karin weggenommen.«

»Was? Will *sie* jetzt Pferdchen schnitzen?«

»Nein, sie glaubt bloß, dass ich mich schneide und daran sterbe.«

Danach gingen Kaspar und Lisa auf Gespensterjagd in den Schuppen. Dort warteten sie eine Stunde lang und schnitzten dabei Pferdchen.

»Schneid dich bloß nicht, dann stirbst du nämlich!«, sagte Lisa.

»Witzig«, sagte Kaspar.

Nichts geschah. Kein einziger noch so leiser Schritt ließ sich hören. Das Elchgulasch war einfach kein guter Köder.

»Das ist mir zu langweilig«, sagte Lisa. »Wir können doch nicht ewig hier rumsitzen und auf das Gespenst warten. Wahrscheinlich ist es längst wieder gemütlich daheim in der Unterwelt.«

»Was sollen wir dann machen?«, fragte Kaspar. »Ins Haus will ich nicht. Tante Karin sagt nämlich, ich muss mariniert werden. Und Instrumente spielen und Bücher lesen soll ich auch. Da wart ich lieber auf das Gespenst. Großvater ist fast nie mehr daheim, er ist meistens bei Birger.«

»Trotzdem brauchen wir nicht hier rumzusitzen

und langweilige Pferde zu schnitzen, bis wir uns schneiden und daran sterben.«

Lisa sah sich um, bis ihr Blick an dem Elchfell hängen blieb. Sie nahm es vom Regalbrett und zog es sich über den Kopf.

»Wenn man hier ein Loch für die Augen macht und hier noch eins«, sagte sie unter dem Fell, »und hier ein großes Loch für den Mund, dann haben wir …«

»Einen Schneemenschen!«, rief Kaspar aufgeregt. »Dann haben wir einen Schneemenschen!«

»Gib mir ein Messer!«, sagte Lisa und warf das Fell ab.

»Der Schneemensch ist ins Dorf gekommen«, sagte Kaspar, nahm eins von Großvaters Schnitzmessern und schnitt Löcher für Augen und Mund ins Fell.

»Wir brauchen noch Zähne, richtige Hauer«, sagte er.

»Daheim hab ich echte Draculazähne aus Plastik«, sagte Lisa. »Die hab ich aus einem Kaugummiautomaten gezogen, als wir auf Klassenfahrt in Borlänge waren.«

»Borlänge!«, sagte Kaspar. »Bist du schon so weit weg gewesen?«

»Ja. Wir sind mit dem Zug gefahren, und dann sind wir rumgelaufen und haben die vielen großen

Häuser angeguckt. Und neben einem Kiosk gab's einen Kaugummiautomaten. Ich hab keinen Kaugummi rausbekommen, aber dafür die Draculazähne. Der Mann vom Kiosk hat gesagt, Zähne sind so selten, die kriegt nur einer von hundert.«

»Hol sie!«, sagte Kaspar.

Unter dem Fell war Platz für beide. Lisa als die Größere ging an der Spitze, sonst hätte das Monster komisch ausgesehen und wäre hinten höher gewesen als vorn. Kaspar war ziemlich zufrieden, bis auf eine Kleinigkeit: Ein echter Schneemensch war drei Meter groß und ihrer nur knapp anderthalb.

»Auch Schneemenschen sind irgendwann mal klein gewesen«, sagte Lisa.

Es wurde Nachmittag, und die Dämmerung senkte sich herab. Aus dem Schuppen kam ein Schneemensch geschlichen.

»Los, wir gehen zu Atom-Ragnar und zeigen ihm einen echten Schneemenschen!«, schlug Kaspar vor.

Also trottete das Monster auf die Straße hinaus, zottig, mit schrecklichen Hauern und unheimlichen hohlen Augen. Der Schnee knarrte unter den vier Füßen des Schneemenschen, und aus seinem Mund quoll Rauch.

»Atom-Ragnar macht sich bestimmt vor Angst in die Hose«, sagte Lisa.

Bei den Briefkästen an der Kreuzung blieb der Schneemensch stehen und spähte zu Atom-Ragnars Laden hinüber. Die Fenster waren hell erleuchtet. Atom-Ragnar stand hinterm Ladentisch und unterhielt sich mit einer Kundin, die dem Fenster den Rücken zukehrte. Draußen neben der Treppe war ein Tretschlitten abgestellt.

»Wir warten, bis er allein ist«, sagte Lisa.

Kaspar hob das Fell ein wenig an und spähte hinaus. Da trat die Kundin aus dem Laden. Kaspar sah sofort, wer es war. Frau Åhman. Sie belud den Tretschlitten mit ihren Einkäufen und fuhr los. Gleich würde sie an den Briefkästen vorbeikommen. In ein paar Sekunden würde sie einen echten lebendigen Schneemenschen zu sehen bekommen.

»Sollen wir uns verstecken?«, fragte Lisa.

»Nein, wir greifen an«, sagte Kaspar. »Ein Schneemensch greift immer an, weil er so unersättlich blutrünstig ist. Ein Schneemensch versteckt sich nie.«

Im selben Moment, als Frau Åhman vorbeifuhr, sprang der Schneemensch mit lautem Gebrüll hervor.

»AAAHHHOOORRRRKKK!«

Frau Åhman erstarrte, ließ den Tretschlitten los und begann, hysterisch zu kreischen. Der Tretschlitten kippte um und fiel in den Graben, und die Einkäufe kullerten auf die Straße, Rosenseifen und Konservendosen. Dann machte Frau Åhman kehrt und rannte so schnell, dass ihr der Aal, den sie wieder auf dem Kopf trug, herunterflog.

»Hilfe, ein zottiges Monster!«

Das Monster rannte ihr hinterher. Unglaublich, dass sie so einen Schreck bekam, fand Kaspar. Wo sie doch selbst genauso abscheulich war wie ein Schneemensch, wenn nicht noch abscheulicher. Denn das hatte Großvater ja gesagt.

»AAAHHHOOORRRKKK!«

Erstaunlich, wie schnell Frau Åhman rennen konnte! Jetzt bog sie von der Straße ab und pflügte durch den Tiefschnee, wollte auf dem kürzesten Weg zurück zum Laden. Und der Schneemensch blieb ihr dicht auf den Fersen. Kaspar konnte die Rosenseife riechen. Hinten unter dem Fell sah er zwar nichts, aber er brauchte nur seiner Nase zu folgen. Ein Schneemensch hat einen guten Geruchssinn und hasst Rosenseife.

»Allmächtiger! Herrje, Hilfe, gütiger Himmel!«, schrie die flüchtende Frau Åhman.

»AAAHHHOOORRRKKK!«

Der Schneemensch hetzte hinterher, verlor aber an Tempo. Frau Åhman war schneller. Wie sie durch den Tiefschnee pflügte, hatte Stil. Sie lief zurückgelehnt und mit schön angehobenen Knien. Beim

Steinhaufen musste sie kurz klettern, dann spurtete sie über die weite Fläche in Richtung Laden.

Auch der Schneemensch musste über die schneebedeckten Steine, und da trat Lisa auf das Fell. Sie stolperte und fiel hin. Kaspar purzelte über sie drüber und fiel ebenfalls hin. Der Schneemensch lag zusammengesunken auf dem Steinhaufen.

Frau Åhman stürzte in den Laden, ließ sich auf alle viere nieder und schnaufte. Atom-Ragnar sah es mit offenem Mund und blieb vor Staunen erst mal stumm.

Dann hatte Frau Åhman wieder genug Luft in den Lungen, um zu schreien.

»Es ist hinter mir her, ein Zottelmonster, eine schreckliche Bestie! Verriegeln Sie die Tür!«

»Ein *was* ist hinter Ihnen her?«

»Ein Monster mit Reißzähnen. Irgendein widerlicher Affe. Er macht AAAHHHOOORRRKKK!«

»Klingt nach einem Schneemenschen«, sagte Atom-Ragnar. »Aber die gibt es nur im Himalaya.«

»Ich hab ihn da draußen gesehen!«, schrie Frau Åhman und legte die Arme über den Kopf.

Atom-Ragnar blätterte in der *Welt der Wissenschaft*.

»Hat er *so* ausgesehen?«, fragte er und zeigte Frau Åhman das Beweisfoto.

Aber sie konnte auf dem Beweisfoto nichts als verwischtes Gegrießel erkennen.

»Dann muss es ein Hund gewesen sein. Oder vielleicht ein Bär, der sich ins Dorf verirrt hat«, meinte Atom-Ragnar.

Frau Åhman zitterte nur noch.

Kaspar und Lisa schleppten den Schneemenschen mit nach Hause und versteckten ihn im Schuppen. Er hatte funktioniert, jedenfalls bei Frau Åhman. Aber er war zu klein und erinnerte eher an ein Schneemenschenkind. Kaspar überlegte, was man da machen könnte.

Dann hatte er eine Idee.

Am nächsten Tag wurde Tante Karin wütend, einfach so, ganz plötzlich. Kaspar und Lisa saßen am Küchentisch und malten. Kaspar versuchte, die Bilder aus der Schöpfungsgeschichte abzumalen, vor allem die Schlange. Tante Karin regte sich nicht über Kaspar oder Lisa auf, sondern über Großvater, der nicht zu Hause bleiben wollte.

»Ich weiß genau, dass er bei Birger hockt und Bier trinkt«, schimpfte Tante Karin. »So kann das nicht weitergehen. Solange *ich* hier bin, ist Schluss mit der Biertrinkerei!«

Dann schickte sie Kaspar und Lisa zu Birger, um Großvater nach Hause zu holen.

Sie machten einen Umweg an Atom-Ragnars

Laden vorbei. Bestimmt hatte Frau Åhman dort was über den Schneemenschen gesagt, und Kaspar und Lisa wollten wissen, was genau.

Als sie in den Laden eintraten, stand Atom-Ragnar beschäftigungslos hinterm Ladentisch und las in der *Welt der Wissenschaft.*

»Dürfen wir auch mal reinschauen?«, fragte Kaspar.

Atom-Ragnar reichte ihm die Zeitschrift. Inzwischen sah sie ziemlich abgegriffen aus.

Kaspar deutete auf den Schneemenschen.

»Der ist hier im Dorf. Wir haben gesehen, wie er Frau Åhman gejagt hat. Sie ist hier reingerannt.«

Atom-Ragnar machte ein unschlüssiges Gesicht und sagte: »Ja, stimmt, gestern ist Frau Åhman total erschrocken zur Tür hereingeschossen. Sie hatte ein zottiges Monster gesehen. Aber ein Schneemensch kann das kaum gewesen sein. Schneemenschen sind drei Meter groß und leben im Himalaya.«

»Wenn es sie dort gibt, kann es sie doch auch hier geben«, sagte Kaspar.

Atom-Ragnar überlegte kurz. Er sah dabei irgendwie komisch aus. Als hätte er einen Wackelkontakt im Gehirn.

»Seid ihr sicher, dass ihr ihn gesehen habt?«

»Absolut«, sagte Lisa. »Und hier in deiner Zeitung steht ja, dass der Schneemensch auch in den

Rocky Mountains und in Kanada gesehen worden ist. Dort heißt er nur Sasquatch oder so ähnlich.«

»Das hab ich nicht gelesen«, sagte Atom-Ragnar. »Wo steht das denn? Zeig mal!«

»Unter dem Bild von dem gebissenen Norweger«, sagte Lisa und zeigte es ihm.

Atom-Ragnar las.

»Ja, tatsächlich. Sie haben ihn auch in den Bergen von Kanada und in den Rocky Mountains gesehen. Aber von Skandinavien steht da nichts.«

»Vielleicht haben die Schneemenschen sich auf der ganzen Erde verbreitet und sind zum Schluss auch hier angekommen«, sagte Kaspar. »Vielleicht wohnt der Schneemensch oben auf dem Gesundaberg.«

»Kaum anzunehmen«, sagte Atom-Ragnar.

»Aber der Gorilla!«, erinnerte Kaspar ihn an das, was er neulich erzählt hatte. »Der ist doch auch erst im neunzehnten Jahrhundert entdeckt worden. Das hast du selbst gesagt.«

»Wir Menschen haben uns auch auf der ganzen Erde verbreitet, und jetzt gibt es uns in jeder Ecke«, sagte Lisa.

»Genau das machen die Schneemenschen wahrscheinlich auch gerade«, fügte Kaspar hinzu.

»Wie hat er denn gemacht, habt ihr was gehört?«, wollte Atom-Ragnar wissen.

»AAAHHHOOORRRKKK!«

»Ziemlich ähnlich«, gab Atom-Ragnar zu.

Da pling-plongte die Ladentür, Kunden kamen herein, und Kaspar und Lisa wurden rausgescheucht. Wenn sie nichts kaufen wollten, könnten sie genauso gut gehen, meinte Atom-Ragnar. Sie traten auf die Treppe hinaus. Kaspar sah das Eisengeländer an.

»Der ist doch bekloppt«, sagte Lisa. »Bei dem ist eine Schraube locker. Eine große Schraube. Die Hauptschraube im Kopf.«

»Hijf mij!«, sagte Kaspar.

Er klebte mit der Zunge am Geländer fest.

»Du hast auch eine Schraube locker«, sagte Lisa. »Dass du das nie lernst!«

Sie holte warmes Wasser und leerte es übers Geländer, und die Zunge löste sich.

»Das ist die Versuchung«, sagte Kaspar. »Und die Strafe für die Versuchung. Wie bei Adam und Eva und dem Apfel.«

»Ist ein kaltes Eisengeländer für dich eine Versuchung?«

»Ja.«

Großvater saß tatsächlich bei Birger und trank Bier, genau wie Tante Karin vermutet hatte. Kaspar und Lisa stampften sich den Schnee von den Schuhen und gingen hinein. Birger stand hinter seiner Staffelei und malte an seinem Ewigkeitsbild. In der Nacht hatte es geschneit, darum malte er jetzt die Fuchsspuren auf dem Eis wieder zu.

Großvater saß mit seinem Bier in der Hand am Tisch. Birger hatte auch eine Flasche auf dem Tisch stehen, aus der er hin und wieder einen Schluck nahm. Die beiden Alten hatten es nett und gemütlich. Großvater erzählte gerade, wie er seinen enormen Elch mit dem Riesengeweih erlegt hatte und wie sauer Åhman geworden war, weil der Elch eindeutig Großvater gehörte.

»Wollt ihr mir noch mehr Heuböckchen verkaufen?«, fragte Birger.

»Nein, wir sollen Großvater abholen«, sagte Kaspar.

»Ist was passiert?«, fragte Großvater und sah ganz besorgt aus.

»Tante Karin hat uns geschickt. Wir sollen dich heimholen, weil du nicht hier hocken und Bier trinken darfst.«

Birger lachte, und Großvater fluchte.

»Sag ihr, sie soll gefälligst ihre Sachen packen und verschwinden!«, schlug Birger vor.

»So was fällt mir schwer«, sagte Großvater. »Ich will nicht unfreundlich sein. Immerhin ist sie meine Schwester. Aber bald ist das Maß voll.«

Großvater fühlte sich offenbar vor Birger blamiert, und das schien ihm Kummer zu bereiten.

»Na, dann wird es das Beste sein, wenn du gehst«, sagte Birger. »Nicht, dass sie noch hierherkommt! Das will ich auf gar keinen Fall!«

Großvater fragte, ob er Birgers Geige ausleihen dürfe. Nur für ein, zwei Tage, weil Karin wolle, dass Kaspar ein Instrument spielt. Natürlich könne er die Geige haben, sagte Birger, kein Problem.

Auf dem Heimweg durch den Wald stimmte Großvater die Geige so falsch wie überhaupt möglich. Dann gab er sie Kasper.

»Hier,«, sagte er. »Du brauchst mehr Kultur, sagt sie, und mehr Kultur geht gar nicht. Damit geigst du sie aus dem Haus.«

»Was ist das, Kultur?«, fragte Lisa.

Großvater ächzte.

»Das ist, wenn vornehme Leute vornehme Sachen machen, die kein Mensch versteht.«

Tante Karin gegen Atom-Ragnar

Tante Karin klatschte begeistert in die Hände. »Oh, eine Geige! Das ist so ein schönes Instrument!«

»Die Geige ist eine Erfindung des Teufels«, sagte Großvater. »Jedenfalls glaubt man das hier schon seit Menschengedenken. Mit der Geige spielt der Teufel persönlich auf, damit die Leute sich zu Tode tanzen und sterben wie die Fliegen.«

»Was du alles daherredest!«, sagte Tante Karin. »Das ist doch nichts als dummer Aberglaube. Eine Geige ist ein sehr schönes Instrument.«

Kaspar hielt die Geige in den Händen, drehte sie hin und her und überlegte, wie sie wohl funktionierte. Er hatte noch nie Geige gespielt. Wie eine kleine Gitarre sah sie aus.

Großvater reichte ihm den Bogen.

»Los, spiel!«

Lisa hielt sich die Ohren zu.

Kaspar strich mit dem Bogen über die Saiten, und es gab einen schrillen Höllenlärm. Der Weihnachtsbaum warf trockene Nadeln ab, und die Katze schlug vor Schreck die Krallen in den Teppich, dass sie festhing und man sie mühsam befreien musste.

Aber Tante Karin hatte Erfahrung mit Geigen. Sie stimmte sie einfach um.

»Ich muss nach Hause«, sagte Lisa. »Mein Hamster hat Hunger.«

Ganz plötzlich hatte sie es eilig.

Großvater verzog sich in den Schuppen und begann zu schnitzen.

Sie fliehen, dachte Kaspar. Und ich bleib allein zurück, allein mit Tante Karin und der Geige.

Nach ein paar Stunden konnte er »Weißt du, wie viel Sternlein stehen« quietschen. Tante Karin begleitete ihn auf dem Harmonium und sagte, er habe Talent und sei begabt. Talent und begabt – das klang gar nicht gut, fand Kaspar. Nachher würde er noch tagelang mit der Geige dastehen und üben müssen, wochenlang, das ganze Jahr lang.

Aber plötzlich hörte Tante Karin auf zu spielen.

»Die Wurst!«, rief sie aus.

Kaspar sah sie verständnislos an. Sollte er noch ein anderes Lied lernen? Eins über Wurst?

»Die Weihnachtswurst«, sagte Tante Karin. »Die saure Weihnachtswurst! An die hab ich gar nicht mehr gedacht.«

»Aber das ist doch gut, dass du nicht mehr an sie denkst«, sagte Kaspar.

»Nein, das ist *nicht* gut. Ich verabscheue Leute, die betrügen.«

Mit diesen Worten packte Tante Karin die Wurst und marschierte zu Atom-Ragnars Laden. Kaspar kam mit. Unterwegs murmelte Tante Karin vor sich hin, und ihr Gesicht lief allmählich dunkelrot an. Sie regte sich immer mehr auf, und zum Schluss sah sie richtig gefährlich aus.

Atom-Ragnars Laden war geschlossen, aber Tante Karin hämmerte an die Tür. Atom-Ragnar war gerade im Lagerraum und zeichnete Waren aus. Zum neuen Jahr bekam das ganze Sortiment höhere Preise.

Preise erhöhen war für Atom-Ragnar eine lustvolle Tätigkeit, bei der er sich nicht gern stören ließ. Er öffnete die Tür nur einen Spaltbreit und brummte mürrisch:

»Der Laden ist geschlossen.«

»Die Weihnachtswurst!«, fauchte Tante Karin und drängte sich an ihm vorbei. »Die Weihnachtswurst ist sauer!«

Atom-Ragnar verzog sich mit erstauntem Gesicht hinter seinen Ladentisch.

»Sie verkaufen saure Weihnachtswurst!«, schrie Tante Karin.

»Das kann ich nicht glauben, meine Würste sind nicht sauer. Sie müssen sich geirrt haben, Gnädigste«, sagte Atom-Ragnar.

Tante Karin knallte die Wurst auf den Ladentisch.

»Dann riechen Sie mal an der hier!«

Atom-Ragnar schnupperte.

»Die Wurst ist tadellos«, sagte er. »Vielleicht ein wenig säuerlich, sonst nichts.«

»Die ist sauer«, sagte Tante Karin. »Ich verlange das Geld zurück!«

»Das geht nicht, Sie haben ja schon von der Wurst gegessen«, sagte Atom-Ragnar. »Sehen Sie, fast die Hälfte fehlt! Was glauben Sie wohl, wenn alle Kunden nach Weihnachten mit halben Schinken, halben Pasteten, Sülzen und Würsten zurückkämen und ihr Geld zurückhaben wollten! Dann hätten die ja gratis Weihnachten gefeiert. So kann man keine Geschäfte machen.«

»Sie sind ein verfluchter Gauner!«, fuhr Tante Karin Atom-Ragnar an. »Leute wie Sie kenne ich. Für ein davongerolltes Fünförestück würden Sie glatt in die verdammte Hölle kriechen!«

Tante Karin hatte geflucht! Kaspar blieb der Mund offen stehen.

Jetzt wühlte sie in ihrer Handtasche und zog ein Exemplar der Zeitschrift *Wächter des Lichts* heraus.

»Das hier ist die richtige Lektüre für eine herzlose Krämerseele wie Sie!«

Verblüfft nahm Atom-Ragnar die Zeitschrift entgegen und blätterte darin.

»Jesus lebt?«, las er laut. »Ist der nicht vor vielen Tausend Jahren irgendwann an Ostern gestorben?«

»Er lebt und wirkt hier mitten unter uns. Er lebt in mir, und er lebt in Ihnen. Hören Sie auf seine Worte, und Sie werden ein besserer Mensch! Öffnet eure Herzen, und er wird euch erretten, heißt es in der Schrift.«

»Aha«, sagte Atom-Ragnar und machte ein nachdenkliches Gesicht. »Jesus lebt also? Gibt es Beweise?«

»Beweise?«, schrie Tante Karin. »Sind Güte und Liebe, die er in die Welt gebracht hat, nicht Beweis genug?«

»Ich meinte eher Fotos oder Fußspuren oder so was«, sagte Atom-Ragnar.

»Er läuft manchmal um unseren Schuppen«, sagte Kaspar. »Aber wir können ihn nicht sehen.«

»Das ist nicht Jesus!«, sagte Tante Karin und warf Kaspar einen strengen Blick zu. Dann wandte sie sich wieder an Atom-Ragnar und sagte: »Bald wird

Jesus wiederkommen und alle Probleme unserer Zeit für immer lösen.«

»Welche Probleme?«, fragte Atom-Ragnar.

Mit hochrotem Kopf sagte Tante Karin: »Die Menschen werden immer gieriger, ihre Herzen verhärten sich, Hunger breitet sich aus. Viele werden die ewige Verdammnis erlangen.« Dann holte sie Luft und fuhr fort: »Wenn Sie sich nicht bekehren und Jesus als Ihren Erlöser annehmen, werden Sie nie in den Himmel kommen. Wer an ihn glaubt, wird leben, auch wenn er stirbt, so steht es geschrieben. Nur wer an ihn glaubt, wird das ewige Leben haben.«

Atom-Ragnar holte seine Zeitschrift unter dem Ladentisch hervor.

»Sehen Sie hier, der Schneemensch lebt. Das sind die Beweise – Spuren und ein Foto der Bestie.«

Tante Karin beugte sich vor, um besser zu sehen.

»Solche gottlosen Untiere gibt es nicht. Das sind alles Hirngespinste, nichts als Erfindung und Gaukelei.«

»Ich glaube daran«, sagte Atom-Ragnar. »Ich bin gläubig.«

»Sie sind gläubig?«

»Ich glaube an den Schneemenschen. Und wenn Sie auch ein klein wenig an ihn glauben, dann glaube ich dafür ein klein wenig an Jesus.«

»Da ist noch die Wurst!«, sagte Tante Karin, die inzwischen so laut schnaubte, dass es in ihrer Nase blubberte.

»Wie ich schon sagte, an der Wurst ist nichts auszusetzen. Sie hat höchstens einen ganz leicht säuerlichen Stich«, sagte Atom-Ragnar und gab sie Tante Karin zurück.

Aber die wollte sie nicht. Das Ganze sei eine Schande und ein Skandal.

Die Weihnachtswurst, überlegte Kaspar. Vielleicht könnte man die in die Reuse legen. Vielleicht war saure Weihnachtswurst genau der richtige Köder für einen unterirdischen Geist, der keine Spuren hinterließ. Er nahm sie und steckte sie ein.

Tante Karin machte kehrt und ging zur Tür.

»Ich werde Sie beim Gesundheitsamt und bei der Polizei und … überall anzeigen!«

»Auch bei Gott und Jesus!«, sagte Kaspar und schwang drohend die Wurst. »Und beim Schneemenschen!«

Als sie den Laden verließen, knallte Tante Karin die Tür so heftig zu, dass die Strohsterne im Schaufenster herunterfielen.

»Verfluchter Bauernladen!«, fauchte sie. »Dort kaufen wir nie mehr ein.«

»Wo sollen wir denn sonst einkaufen?«, fragte Kaspar und starrte das Eisengeländer an.

Er würde es schaffen. Langsam beugte er sich vor. Er würde es schaffen.

»Hijf mij!«

Er klebte am Geländer fest.

»Was soll der Blödsinn?«, sagte Tante Karin und riss ihn los.

»Aua!«, schrie Kaspar.

Am Geländer war ein Stück Haut zurückgeblieben, und seine Zunge blutete und brannte, als hätte er Brennnesseln gegessen.

»Weißt du denn nicht, dass man an kaltem Eisen hängen bleibt?«, fragte Tante Karin ärgerlich.

»Doch, aber das ist die Versuchung«, sagte Kaspar.

»Nein, das ist Blödsinn!«, sagte Tante Karin.

Atom-Ragnar schloss die Ladentür ab und zeichnete seine Waren weiter mit höheren Preisen aus. Aber nach und nach wurde ihm mulmig. Sich mit Jesus anzulegen war bestimmt nicht gut, das konnte am Ende sogar seinem Geschäft schaden. Er wurde unsicher. Vielleicht hatte die Alte recht. Er begann zu zweifeln. Womöglich hatte Jesus seine Finger im Spiel, wenn die Geschäfte gut liefen und das Geld hereinströmte. Er zerbrach sich den ganzen Vormittag den Kopf und auch noch in den Nachmittag hinein. Zum Schluss holte er eine Wurst, die nicht sauer war, und wickelte sie in Papier. Die hatte er eigentlich für Frau Åhman zurückgelegt.

Dann nahm er seinen Tretschlitten und machte sich auf den Weg. Aber nicht, um sein Gewissen zu beruhigen, denn so etwas besaß er nicht. Nein, er wollte sich nur nicht mit Jesus anlegen.

Tante Karin gegen den Schneemenschen

Großvater saß draußen im Schuppen. Er saß nur da und starrte seine Hände an. Auf dem Arbeitstisch standen frisch geschnitzte Holzpferdchen, und in einem Korb zu seinen Füßen lag Material für weitere, die sozusagen danach schrien, geschnitzt zu werden. Aber Großvater wollte nicht schnitzen, er wollte gar nichts.

Kaspar und Lisa legten die Weihnachtswurst als Köder in die Gespensterfalle und gingen dann auch in den Schuppen.

»Ob das Gespenst wohl bei der Weihnachtswurst anbeißt, was glaubst du?«, wollte Kaspar von Großvater wissen.

»Ich glaub gar nichts«, sagte Großvater.

»Schnitzt du gerade Pferdchen?«, fragte Lisa.

»Ich sitze hier und schnitze gar nichts«, sagte Großvater. »Ich werde nie mehr was schnitzen. Ich werde überhaupt nie mehr irgendwas tun.«

Dann schwieg er eine Weile, seufzte und sagte: »Ich hatte einmal ein Zuhause, aber Karin wird nie wieder abreisen.«

»Der Schneemensch«, sagte Kaspar.

»Wie?«, sagte Großvater.

»Wie groß bist du?«, fragte Kaspar.

»Eins zweiundachtzig, warum?«

»Das reicht.«

»Was soll das heißen, das reicht? Wovon redest du?«

»Heute kommt der Schneemensch«, sagte Kaspar. »Und der entführt Tante Karin in den Himalaya.«

»Ein Schneemensch, so was gibt's nicht!«, sagte Großvater. »Den hat es *nie* gegeben.«

»Aber *heute* gibt's ihn«, sagte Kaspar.

»Hör auf!«, sagte Großvater. »Sind denn jetzt alle übergeschnappt und verrückt geworden?!«

»Guck mal!«, sagte Kaspar und holte das Elchfell herunter. Er stülpte es sich über und steckte sich die Draculazähne in den Mund.

»AAAHHHOOORRRKKK!«

Großvater machte große Augen.

»Was zum Henker habt ihr mit meinem Elch angestellt?«

»Einen Schneemenschen draus gemacht«, sagte Kaspar.

»Das darf doch wohl nicht wahr sein«, sagte Großvater, und seine Schultern senkten sich dabei so tief, als würden sie sich gleich vom Körper lösen.

»Mein Elch«, seufzte er leise. »Mein schönes Elchfell.«

»Du musst ein Schneemensch werden«, sagte Kaspar, ohne zu wissen, ob er Großvater überhaupt noch erreichte.

»Das Monster muss nur die richtige Größe haben, dann fährt Tante Karin schnurstracks nach Hause, aber ehrlich«, sagte Lisa.

Großvater zuckte zusammen.

»Ein Schneemensch? Ich? Niemals! Das könnt ihr vergessen.«

Er hielt es eindeutig für eine idiotische Idee, als Monster verkleidet durch die Gegend zu rennen. Wahrscheinlich hatte er Angst, sich lächerlich zu machen.

Aber Kaspar und Lisa gaben nicht auf.

»Bitte!«, sagte Kaspar. »Dann reist Tante Karin ab, und ich krieg endlich mein Messer.«

»Und du bist wieder Herr in deinem eigenen Haus«, sagte Lisa.

Plötzlich sah Großvater richtig sauer aus.

»Das bin ich auch so – immer noch!«, sagte er.

»Die Katze hat mehr zu sagen als du«, sagte Lisa.

Großvater überlegte kurz und fragte dann: »Ist es tatsächlich so schlimm?«

»Ja«, sagte Kaspar. »Selbst die Mäuse im Haus haben mehr zu sagen als du.«

»Die Mäuse?«

»Ja.«

»Wir haben Frau Åhman mit dem Schneemenschen erschreckt«, sagte Lisa. »Sie ist fast in Ohnmacht gefallen und hat sich seither nicht mehr draußen blicken lassen.«

»Und du hast selbst gesagt, Frau Åhman ist sogar noch abscheulicher als der Schneemensch«, fügte Kaspar hinzu.

»Die Mäuse …«, sagte Großvater.

»Vergiss nicht, dass du in deinem eigenen Haus nie mehr Bier trinken und Schnupftabak schnupfen darfst«, sagte Kaspar. »Und denk an mich und die Sonntagsschule und das Harmonium!«

»Übrigens behaupten alle, du hättest kein Rückgrat mehr«, sagte Lisa. »Birger und Atom-Ragnar machen sich schon über dich lustig.«

Großvater vergrub das Gesicht in den Händen und stöhnte: »Ich tu's. Für mein Bier und gegen die Sonntagsschule! Ich bin zu allem bereit.«

Großvater war eindeutig aus der Bahn geworfen. Ohne Schnupftabak, ohne Bier und ohne Zuhause.

Man kann ruhig sagen, dass er zutiefst verzweifelt war. Eine andere Erklärung hatte er hinterher selbst nicht für das, was an diesem Tag noch geschehen sollte. Sein Urteilsvermögen war geschwächt.

Großvater hängte sich das Elchfell über. Kaspar und Lisa halfen ihm dabei.

»Das sieht gut aus«, sagte Kaspar. »Richtig unheimlich! Jetzt bist du der Schneemensch.«

Tante Karin würde in den Himalaya verschwinden!

»Ich fühl mich wie ein ausgestopfter Elch«, brummte Großvater.

»Nein, du bist perfekt«, versicherte Lisa. »Aber du musst auch wie ein Schneemensch klingen.«

»Wie denn?«

»AAAHHHOOORRRKKK!«, schrie Kaspar.

»AAAHHORK!«, stieß Großvater versuchsweise aus.

»Nein«, sagte Lisa. »An den Schluss gehört mehr HOOORRRKKK!«

»AAAHHHOOORK!«, schrie Großvater.

»Nein, noch mehr!«

»AAAHHHOOORRRKKK!«, brüllte Großvater.

»Das ist gut«, sagte Kaspar. »So ist es toll!«

Lisa spürte ein Kribbeln im Bauch. Hier passierte gerade etwas sehr Ungewöhnliches.

»Nein, das ist einfach zu albern«, sagte Großvater. »Ich schaff das nicht. Kirchenlieder singen und Tischgebete sprechen macht mich fertig, aber das hier, nein, das schaff ich nicht.« Er schwankte.

»Willst du wissen, wie Birger und Atom-Ragnar dich nennen?«, fragte Lisa.

»Nein. Oder vielmehr ja«, sagte Großvater.

»Tante Karins Lakai.«

»Ich tu's! Für mein Bier und gegen die Sonntagsschule! Karin muss abreisen.«

Aus zwei breiten Brettresten sägten sie riesige Fußsohlen aus, die sie an Großvaters Stiefel schnallten, weil ein echter Schneemensch Füße, so groß wie Klodeckel, brauchte. Die Spuren mussten als Beweis zurückbleiben, das war wichtig.

Die Dämmerung kam, und Lisa steckte den Kopf aus dem Schuppen. Die Luft war rein. Tante Karin spielte Harmonium.

»Bist du bereit?«, fragte Kaspar.

»Ja«, antwortete Großvater dumpf und ein bisschen schnaufend unter dem Elchfell.

»Für dein Bier und gegen die Sonntagsschule!«, sagte Kaspar und drückte Großvater die Draculazähne in den Mund.

»Los geht's!«, sagte Lisa.

Dann rannten Kaspar und Lisa auf den Hof hinaus und schrien:

»Der Schneemensch kommt! Der Schneemensch kommt!«

Hinter ihnen kam Großvater in seinem Elchfell und mit den Brettersohlen an den Füßen. Er sah tatsächlich unheimlich aus, der Speichel troff ihm zwischen den Draculazähnen heraus und gefror zu Eis, bevor er den Mund wieder schließen konnte.

»AAAHHHHOOORRRKKK! AAAHHHOOORRRKKK!«

Kaspar und Lisa rannten über den Hof, und Großvater stapfte in geduckter Haltung hinter ihnen her und schleifte die Arme durch den Schnee.

»AAAHHHOOORRRKKK!«

Aber Tante Karin schaute nicht heraus.

»Hilfe!«, brüllte Kaspar aus Leibeskräften. »Hilfe, der Schneemensch schleppt mich in den Himalaya!«

»OOOHAHORKKK! OOOHAHORKKK!«, schrie der Schneemensch.

Und genau da kam Atom-Ragnar mit der neuen Weihnachtswurst angefahren. Er hielt jäh den Tretschlitten an und murmelte: »Oh Herrjesus, der Schneemensch ist hier! Er ist tatsächlich gekommen!« Dann schleuderte er die Weihnachtswurst von sich, und sie traf Großvater im Nacken.

»AAAHHHOOORRRKKK!«, brüllte Großvater, dann fiel er der Länge nach in den Schnee.

Das Elchfell verrutschte, die Draculazähne fielen

heraus, und Großvater rappelte sich ächzend auf. Er rieb sich den Nacken und wunderte sich, wo auf einmal die Wurst herkam.

»Was zum Teufel treibt ihr hier eigentlich?«, rief Atom-Ragnar. »Habt ihr alle den Verstand verloren?«

»Wem gehört die Wurst?«, fragte Großvater.

»Die gehört euch«, sagte Atom-Ragnar. »Weil die andere vielleicht sauer war, aber nur ein bisschen.«

Dann wendete er den Tretschlitten und fuhr nach Hause.

Lisa half Großvater, das Elchfell wieder überzuziehen.

»Nein, das lassen wir jetzt!«, protestierte Großvater.

»Du musst«, sagte Kaspar und schob ihm die Draculazähne wieder in den Mund.

Großvater stapfte über den Hof.

»AHORK!«

Er wurde allmählich müde.

»Schrei lauter!«, sagte Kaspar.

»AAAHOOORRRK!«

Aber das half nichts. Tante Karin drinnen in der Stube spielte einfach weiter.

»Du musst am Fenster kratzen!«, sagte Kaspar.

Großvater trottete zum Fenster und kratzte an

der Scheibe. Das zeigte Wirkung. Tante Karin hörte auf zu spielen und öffnete das Fenster. Großvater sabberte wieder zwischen den Draculazähnen hindurch und brüllte.

»OHHHARRRSSKT!«

»Das ist das falsche Gebrüll«, sagte Lisa.

Tante Karin sah auch kein bisschen verängstigt aus.

»Hör mit dem Blödsinn auf!«, sagte sie. »Zieh das lächerliche Kostüm aus und komm rein! Du kannst mir beim Kartoffelschälen helfen.«

Mehr sagte Tante Karin nicht beim Anblick des schrecklichen Schneemenschen, der ins Dorf gekommen war. Kaspar war maßlos enttäuscht. Lisa lachte nur.

Großvater schlich in den Schuppen und hängte den Schneemenschen dort auf. Auf dieser Welt gab es nichts, wovor Tante Karin sich fürchtete. Weder vorstellbare noch unvorstellbare Monster konnten ihr was anhaben, das wurde Großvater allmählich klar.

»Aber du hättest sie doch in den Himalaya bringen sollen«, sagte Kaspar.

»Oh nein, die bringt niemand irgendwohin«, sagte Großvater.

Für den Rest des Tages lag Großvater nur auf der Küchenbank und tat sich selbst ganz fürchterlich leid.

Inzwischen war Tante Karins Vorhangstoff gekommen, und sie nähte emsig Vorhänge fürs ganze Haus. Blau mit rosa Blumenmuster. Und in der Küche hatte sie einen neuen Lampenschirm angebracht. Er war aus Glas und sah wie ein großes Schneckenhaus aus. In allen Fenstern blühten rote Geranien.

Großvater sah aus, als wollte er nie wieder von der Küchenbank aufstehen, und Kaspar blätterte in der Schöpfungsgeschichte. Er war von Großvater enttäuscht. Großvaters Schneemensch hatte überhaupt nichts getaugt.

Tante Karin holte die Leiter und verkündete, während sie Vorhänge aufhängte: »Die Küche ist das Herz des Hauses. Sie hat genauso sauber und rein zu sein wie das eigene Herz.«

»Hier sieht's aus wie in einer Puppenstube«, seufzte Großvater.

»Oh ja, hier wird es so hübsch wie in einer Puppenstube«, zwitscherte Tante Karin.

»Aber zum Teufel noch mal, ich will nicht in einer Puppenstube wohnen!«, ächzte Großvater und presste sein Gesicht ins Kissen. Unter dem Kissen murmelte er: »Ich hatte einmal ein Zuhause, ein gutes Zuhause. Aber jetzt ist hier kein Platz mehr für mich. Ich bin wurzellos, heimatlos und ehrlos, alles zusammen. Das Frühjahr erleb ich vielleicht gar nicht mehr.«

»Was sagst du?«, fragte Tante Karin, die vor den Fenstern auf und ab turnte und die Vorhänge zurechtzupfte.

»Ach nichts«, murmelte Großvater.

»Die Küche hat so rein zu sein wie das eigene Herz«, wiederholte Tante Karin.

Großvater wusste genau, wie sein Herz inzwischen aussah: vollkommen leer.

Der Neujahrsknall

An Silvester sollte es im Dorf ein Feuerwerk geben. So gut wie alle Dorfbewohner hatten sich aus ihren Häusern bequemt und auf dem Platz vor Atom-Ragnars Laden versammelt, weil Atom-Ragnar persönlich das Feuerwerk veranstalten würde. Alle seine treuen Kunden waren als Zuschauer willkommen. Schon Tage zuvor hatte er an Bäume und Scheunen Zettel geheftet, die eine pyrotechnische Jahrhundertschau ankündigten.

Und jetzt standen die Dorfbewohner da und vertraten sich in der Kälte die Füße. Es war sternenklar und windstill. Nur das Murmeln des Publikums war zu hören. Man wunderte sich allgemein darüber, dass Atom-Ragnar für so etwas freiwillig Geld ausgab.

Kaspar, Großvater und Lisa standen in der vordersten Reihe und warteten, während Atom-Ragnar seine Vorbereitungen traf. Er steckte drei Raketen in drei leere Flaschen. Kaspar sah ihm sehr gespannt und erwartungsvoll zu.

»Nur drei?«, fragte Lisa.

»Nein, damit fängt er natürlich bloß an«, sagte Kaspar. »Das ist nur zum Aufwärmen. Der Himmel braucht erst ein paar Aufwärmraketen, bevor die großen Supersternensprühknaller loskrachen. So heißen die Raketen, die groß genug wären, um mit Tante Karin in den Himmel zu fliegen.«

Tante Karin war nicht mitgekommen. In ihren Augen war ein Feuerwerk nichts als eine unnötig laute Geldverschwendung.

Endlich war es so weit. Atom-Ragnar zündete die Raketen an! Sie zischten in den schwarzen Himmel, versprühten ein paar Funken, dann machten sie poff. Mehr war es nicht.

»Jetzt holt er gleich die richtigen Sternensprühkracher«, sagte Kaspar.

Doch das tat Atom-Ragnar nicht. Stattdessen stellte er sich auf die Ladentreppe und hielt eine kleine Rede.

»Ich möchte euch allen dafür danken, dass ihr euer Interesse gezeigt habt und heute Abend hierhergekommen seid. Bedanken möchte ich mich auch für alles, was ihr im Laufe des vergangenen Jahres bei mir eingekauft habt, und ich hoffe, dass ihr das ganze kommende Jahr wieder bei mir einkauft. Meine erstklassigen Waren werden nächstes Jahr noch erstklassiger werden!«

»Wo zum Henker sollen wir denn sonst einkaufen?«, schrie jemand aus dem Publikum.

»Gutes neues Jahr!«, sagte Atom-Ragnar und ging in den Laden.

»Mies«, sagte Kaspar.

»Obermies«, sagte Lisa.

»Find ich auch, aber was hattet ihr denn erwartet?«, fragte Großvater.

Mit dem Gefühl, irgendwie an der Nase herumgeführt worden zu sein, gingen sie nach Hause. So fühlte man sich jedes Mal, wenn Atom-Ragnar zu irgendetwas einlud. Und dennoch ging man immer wieder hin.

Lisa kam mit Kaspar und Großvater mit. Ihre Mutter hatte ihr erlaubt, den Jahreswechsel mit Kaspar zu feiern. Unterwegs fragte Kaspar Großvater, ob er nicht auch so ein Feuerwerk machen könne, dann hätten sie ein eigenes.

»Mit Sternensprühraketen«, sagte Kaspar. »Und Sonnenrädern und Chinaböllern!«

»Klar kann ich das, hundertmal besser als das gerade. Im Schuppen hab ich ein paar alte Chemikalien, die braucht man bloß zusammenzurühren, dann hat man schon ein Feuerwerk. Kanonenschläge, Bengalische Feuer und Blitzknaller.«

»Jetzt gleich?«, fragte Kaspar.

»Warum nicht, ist ja Neujahr. Aber kein Wort zu Karin, die würde das nicht verstehen und hätte bloß wieder was zu meckern.«

Als sie nach Hause kamen, verschwand Großvater gleich in den Schuppen und machte sich daran, sein eigenes Feuerwerk zu fabrizieren.

»Ich ruf euch, wenn es fertig ist.«

Kaspar und Lisa gingen in die Küche. Lisa wollte Zinn gießen.

»Dann kann man sich was fürs neue Jahr wünschen«, erklärte sie.

»Und wie geht das?«, fragte Kaspar.

»Ganz einfach. Man gießt geschmolzenes Zinn in kaltes Wasser, damit es wieder fest wird, dann guckt man, woran es einen erinnert. Das hat dann was mit der Zukunft zu tun, und man darf es sich wünschen. Es funktioniert ungefähr so wie Wahrsagen.«

Kaspar besaß ein paar alte Zinnsoldaten, die holte er, dann stellte er Großvaters kleinen Schmelztiegel auf den Herd. Die Zinnsoldaten hatte Großvater vor langer Zeit selbst gegossen, davon war der Tiegel noch übrig. Die meisten Soldaten waren kaputt. Manchen fehlte der Kopf, andere hatten ihr Gewehr abgebrochen. Die konnten also genauso gut was anderes werden. Kaspar legte sie in den Schmelztiegel, und die Soldaten wurden erst ganz blank, dann erzitterten sie und schmolzen.

Kaspar durfte anfangen. Er goss das geschmolzene Zinn in einen Topf mit kaltem Wasser. Erst zischte und blubberte es, dann erstarrte es zu einem unförmigen Klumpen.

»Jetzt musst du was in dem Zinn erkennen«, erklärte Lisa.

»Was denn?«, fragte Kasper. »Der Klumpen sieht doch nach überhaupt gar nichts aus.«

»Versuch's trotzdem!«, beharrte Lisa.

Kaspar drehte den Zinnklumpen, der immer noch lauwarm war, in den Händen.

»Sieht aus wie eine Schlange«, meinte er schließlich. »Die Schlange im Paradies.«

»Nein, ich finde, wie ein Feuer speiender Drache«, sagte Lisa.

Plötzlich machte es Kaspar keinen Spaß mehr, mit Zinn in die Zukunft zu schauen.

»Du darfst dir noch was wünschen«, sagte Lisa.

»Dann wünsch ich mir, dass Tante Karin und ihr Harmonium verschw …«

Lisa hielt ihm den Mund zu.

»Man darf nicht aussprechen, was man sich

wünscht!«, sagte sie. »Dann klappt es nicht. Außerdem muss es was mit dem Drachenklumpen zu tun haben, und böse Sachen darf man sich auch nicht wünschen.«

»Aber das war nichts Böses«, wandte Kaspar ein. »Für mich war das kein bisschen böse.«

Dann wünschte er sich stumm und heftig ein Wunder.

Als sie Kaspars Drachenklumpen wieder eingeschmolzen hatten, war Lisa an der Reihe.

»Oh, ein Pferd!«, rief sie aus.

»Quatsch, das sieht aus wie ein Kamel«, sagte Kaspar.

»Das ist ein Pferd«, sagte Lisa und wünschte es sich ganz fest.

»Stell dir vor, du kriegst ein Kamel, da würdest du aber schön dumm gucken!«, sagte Kaspar.

Inzwischen hatte Großvater sein Feuerwerk vorbereitet und rief alle vors Haus. Tante Karin kam aus der Stube und wollte wissen, was es gibt.

»Ein Feuerwerk«, teilte Kaspar mit.

»Jetzt, meine Lieben!«, sagte Großvater. »Jetzt werden Atom-Ragnars jämmerliche Neujahrsraketen erblassen!«

Dann stellte er den Feuerwerkskörper, den er gebastelt hatte, mitten auf den Hof. Er sah aus wie eine große Klorolle mit einer geteerten Zündschnur.

»Nein!«, sagte Tante Karin. »So was kann gefährlich werden!«

Doch Großvater steckte die Zündschnur an und schrie:

»Alle Weibsbilder die Röcke festhalten! Feuer marsch!«

Dann rannte er schnell zu den anderen, die auf der Haustreppe standen. Die Zündschnur brannte ab. Zuerst passierte nichts, und dann passierte noch mal nichts. Und dann machte es pöff-pfuff.

»War das alles?«, fragte Kaspar.

»Da muss was schiefgegangen sein«, meinte Großvater. »Vielleicht ist Feuchtigkeit eingedrungen.«

Er ging zu der Klorolle hin, obwohl Tante Karin ihn warnte, das Ding könne explodieren.

»Ich versteh das nicht«, sagte er. »Das hätte einen Mordsknall geben müssen.«

Tante Karin sagte, sie sei froh, dass ihr das erspart geblieben sei.

»Lass das Ding stehen!«, sagte sie. »Komm, wir gehen rein und trinken Kaffee! Für die Kinder gibt's Saft.«

Sie gingen ins Haus, und Großvater setzte sich an den Tisch und schenkte Kaffee ein.

»Es hätte klappen müssen«, sagte er.

»Ich bin jedenfalls froh, dass es *nicht* geklappt hat«, sagte Tante Karin.

Kaspar und Lisa stritten sich zum Spaß um die größte Zimtschnecke.

Da knallte es. Es tat einen Donnerschlag, und ein gleißend helles Licht blitzte auf. Das Küchenfenster zersprang in tausend Scherben. Die Vorhänge flatterten. Die Küchenlampe platzte. Die Topfpflanzen vor dem Fenster landeten auf dem Fußboden. Kaspar warf sich unter den Tisch und schrie:

»Die Welt geht unter, die Welt geht unter!«

Tante Karin saß steif aufgerichtet da und starrte Großvater nur an. Ihr Kinn zitterte.

»Willst du mich umbringen, ist es das, was du willst? Uns alle umbringen?«

»Der Junge wollte doch so gern ein Feuerwerk haben«, erklärte Großvater.

»Das da war kein Feuerwerk«, schnaubte Tante Karin. »Das war eine Bombe!«

»So was Tolles hab ich noch nie erlebt!«, sagte Lisa und besah sich das zersprungene Fenster. Die Vorhänge waren auch kaputtgegangen. Total ausgefranst hingen sie da, von herumfliegenden Glassplittern zerfetzt.

»Meine Vorhänge«, jammerte Tante Karin. »Meine Vorhänge, die ich so schön genäht hatte. Das ist der

Dank, dass man versucht, aus diesem Lotterladen ein schönes Zuhause zu machen.«

Dann sah sie, dass die Küchenlampe zersprungen war.

Wütend haute sie mit der Hand auf den Tisch.

»Ab jetzt machst du nichts mehr, ohne mich vorher zu fragen! Nicht die kleinste Kleinigkeit! Hast du verstanden?«

»Ja«, murmelte Großvater.

»Hast du das *wirklich* verstanden?!«

»Ja.«

Grimmig musterte Tante Karin die Vorhänge, um festzustellen, ob man sie noch flicken konnte.

Großvater schloss die Augen. Er hatte bedingungslos kapituliert. Schlimmer konnte es nicht mehr werden.

Und das konnte es doch.

Tante Karin sagte nämlich: »So, ich bleibe hier. Für immer. Das ist für alle das Beste. Vor allem für den Jungen. Und jetzt reparier gefälligst das Fenster, damit wir nicht erfrieren!«

Großvater sägte eine passende Holzplatte als Scheibenersatz zurecht und sagte kein einziges Wort.

Kaspar und Lisa saßen am Tisch und starrten auf die Uhr. Nur noch zehn Minuten, dann war Mitternacht, und das neue Jahr fing an. Die Minuten krochen im Schneckentempo voran. Komisch, dass ein Jahr so langsam zu Ende gehen konnte.

»Was passiert, wenn es zwölf ist?«, fragte Kaspar, der bisher noch nie in der Neujahrsnacht wach gewesen war.

»Dann fängt ein neues Jahr an«, sagte Lisa.

»Ja, schon, aber was sonst noch? Da muss doch noch mehr passieren.«

»Nein, mehr passiert da nicht.«

»Isabell glaubt, dass dann die Welt untergeht.«

»Schon wieder«, sagte Lisa. »Im Sommer ist die Welt auch schon untergegangen und an Ostern und voriges Jahr an Ostern auch. Das wird allmählich langweilig.«

Noch fünf Minuten. Kaspar schlief fast ein, aber Lisa schüttelte ihn. Bald waren nur noch zwei Minuten übrig. Dann noch eine, und auf einmal schlug die Uhr zwölf, und das neue Jahr war da. Aber das merkte man nicht. Und Kaspar fand, das müsse man doch merken, jedenfalls irgendwie. Na gut, vielleicht war es ja das zugenagelte Küchenfenster, an dem man das neue Jahr merkte.

»So, jetzt muss ich nach Hause«, sagte Lisa.

»Ich hab einen Piepton in den Ohren«, sagte Kaspar.

»Ich auch«, sagte Lisa.

»Glaubst du, dass ein Kamel auf dich wartet, wenn du nach Hause kommst?«, fragte Kaspar.

»Das war ein Pferd!«

In der Tür drehte Lisa sich noch mal um und sagte: »Du und dein Großvater, ihr seid echt witzig.«

Und damit ging sie.

Ein Schneemensch in der Reuse

Es war kein Gespenst in die Falle gegangen. Saure Weihnachtswurst funktionierte also auch nicht als Köder. Sowieso hatten Kaspar und Lisa schon lange kein Gespenst mehr gehört.

»Wahrscheinlich ist es in die Unterwelt heimgekehrt«, meinte Lisa.

»Ja«, sagte Kaspar und sah aus dem Schuppenfenster.

Vor dem Fenster stand die Reusenfalle, die Weihnachtswurst darin war tiefgefroren. Vielleicht lag es daran: dass die Wurst tiefgefroren war.

Großvater kam in den Schuppen und versteckte ein paar Flaschen Bier und eine Packung Schnupftabak.

Er richtete sich ein geheimes Lager ein, fast wie ein Dieb.

»Kein Wort davon zu Karin!«, sagte er.

»Kein Wort!«, versicherten Kaspar und Lisa.

Lisa nahm eins von Großvaters Messern und fing an, ein Pferdchen zu schnitzen.

Großvater öffnete eine Flasche Bier und nahm eine Prise Schnupftabak.

»Funktioniert die Motorsäge eigentlich?«, fragte Kaspar und deutete auf die gewonnene Säge, die inmitten von allerlei Gerümpel in der Ecke herumlag.

»Ich weiß nicht«, sagte Großvater. »Hab sie noch nicht ausprobiert.«

»Mach das doch!«, bat Kaspar. »Vielleicht kann man damit Pferde sägen.«

»Kaum«, sagte Großvater. »Dafür ist sie zu klobig.«

»Vielleicht richtig große Pferde«, sagte Kaspar. »Ein Riesenpferd für Lisa.«

»Holzkopf, ich wünsch mir kein Holzpferd!«, sagte Lisa.

»Dann eben ein Kamel«, sagte Kaspar.

Großvater zog am Starterseil der Säge, und sie knatterte mit einem ohrenbetäubenden Lärm los. Großvater stellte sie sofort wieder ab. Er hielt nichts von Lotterien und auch nichts von Motorsägen. Er legte sie zu dem übrigen Schrott in die Ecke zurück. Bäume zum Absägen hatte er sowieso nicht, das hatte er ja gleich gesagt.

Plötzlich steckte der alte Åhman den Kopf in den Schuppen. Ganz außer Atem stand er auf Skiern vor der Tür.

»Wo sind die Baumdiebe?«, keuchte er. »Ich hab eine Motorsäge gehört.«

»Weihnachten ist vorbei«, sagte Großvater. »Schon lange.«

»Weihnachten ist vorbei?«

»Ja, du kannst nach Hause fahren.«

»Wirklich?«, sagte Åhman. Er sah verwirrt und erschöpft aus.

»Ja«, sagte Großvater.

Auf wackligen Beinen fuhr Åhman davon.

Großvater schüttelte den Kopf.

Kaspar und Lisa staunten nicht schlecht.

»Hat Åhman wirklich nicht gewusst, dass Weihnachten vorbei ist?«

»Nein, offensichtlich nicht«, sagte Großvater und fing an, ein Pferdchen zu schnitzen.

Da kam Tante Karin auf die Haustreppe heraus und rief nach Großvater. Er sollte ihr helfen, die Betttücher zusammenzulegen, danach sollte er Teppiche klopfen und danach dann …

Kaspar und Lisa blieben im Schuppen sitzen und schnitzten.

»Betttücher zusammenlegen?«, sagte Lisa. »Teppiche klopfen? Ist er krank?«

»Glaub schon«, sagte Kaspar. »Jedenfalls ist er nicht mehr der Alte. Er ist irgendwie geschrumpft.«

Kaspar zerbrach sich andauernd den Kopf, wie er Großvater helfen könnte, aber Tante Karin war unerschütterlich. Nichts konnte ihr etwas anhaben, weder Schneemenschen noch saure Weihnachtswürste noch falsch gestimmte Geigen noch Bomben noch …

Da waren plötzlich die Schritte zu hören.

Kaspar und Lisa hörten auf zu schnitzen und sahen sich schweigend an. Die Schritte gingen an der Tür vorbei. Kaspar machte auf und schaute hinaus. Niemand da. Das hatte er auch nicht erwartet.

Direkt vor dem Fenster hörten die Schritte auf. Genau vor der Falle. Kaspar und Lisa hielten die Luft an und starrten hinaus. Plötzlich fuhr etwas Schwarzes durch die Luft. Es schien vom Dach zu kommen und schoss geradewegs in die Falle. Dort schien das Gespenst verrückt zu werden, es warf sich hin und her und kämpfte mit der Weihnachtswurst, bis die Reuse umkippte und vor dem Fenster zu Boden fiel. Da stieß das Gespenst einen markerschütternden Schrei aus.

Kaspar und Lisa warfen Messer und Pferdchen von sich und rannten, so schnell sie ihre Füße trugen, zu Großvater. Er klopfte gerade Teppiche.

»Das Gespenst, wir haben das Gespenst gefangen! Es ist schwarz und zottig, ein kleiner Schneemensch! Ganz sicher!«, verkündete Kaspar keuchend.

»Jetzt beruhige dich erst mal!«, sagte Großvater.

Wenn es um Monster, Gespenster und die Unterwelt ging, verließ er sich nicht unbedingt auf Kaspar, darum fragte er Lisa:

»Stimmt das? Habt ihr was gefangen?«

Lisa nickte. Sie sah sehr erschrocken aus.

»Na, dann wollen wir mal nachschauen, um was für ein Gespenst es sich da handelt«, sagte Großvater.

Er ging voraus, den Teppichklopfer in der Hand. Kaspar und Lisa kamen hinterher. Das Gespenst in der Falle schrie immer noch.

»Ich glaube, ich weiß, was für ein Gespenst das ist«, sagte Großvater.

»Sei vorsichtig!«, sagte Kaspar. »Es ist gefährlich!«

»Nicht besonders«, sagte Großvater.

Kaspar und Lisa warteten hinter der Ecke, während Großvater allein zur Falle ging. Das Gespenst verstummte.

»Jetzt hat es Großvater aufgefressen«, flüsterte Kaspar.

Aber Großvater kam zurück, und das Gespenst hatte er dabei.

»Erkennt ihr die hier?«, sagte er und hielt die Katze hoch. Sie hatte die Krallen ausgefahren und das Fell gesträubt, und ihr Schwanz war unglaublich dick. Sie fauchte leise und zeigte die Zähne. Großvater versuchte sie zu beruhigen.

»Hier habt ihr euer Gespenst.«

Kaspar weigerte sich, es zu glauben. Er sah in die unergründlichen gelben Augen der Katze.

»Möchte ehrlich mal wissen, woher du kommst«, sagte er. »Bist du jetzt ein Geist aus der Unterwelt, oder nicht?«

»Das ist eine stinknormale Katze!«, sagte Lisa.

Davon war Kaspar allerdings nicht überzeugt. Die Katze saß ja immer auf diesem Steinhaufen, und dort hatte er sie auch gefunden. Im Sommer würde er den Steinhaufen bei den Briefkästen mit dem Brecheisen zerlegen, Stein um Stein, und wenn es Monate dauerte. Jetzt wollte er es wissen. Vielleicht befand sich dort doch ein Eingang in die Unterwelt.

Tante Karin rief, das Essen sei fertig, sie sollten reinkommen, die Hände waschen und das Tischgebet sprechen. Kaspar lief hinein, und Lisa ging nach Hause. Großvater stöhnte und trank schnell noch ein geheimes Bier draußen im Schuppen.

»Das hier nenn ich geistige Kost«, sagte er und sah die grüne Flasche an. »Möglicherweise aus der Unterwelt, aber geistig ist und bleibt es!«

Plötzlich glaubte er Schritte zu hören. Er horchte kurz auf.

»Ach was, Blödsinn! Nichts als Einbildung.«

Im Harmonium ist der Teufel los

Es war am Tag vor Dreikönig. Großvater hatte sich beim Rasieren geschnitten, jetzt lag er auf der Küchenbank und starrte an die Decke, während Tante Karin neue Vorhänge nähte.

Der Tag hatte für Großvater auch sonst nicht gut angefangen. Die Bierflaschen, die er draußen im Schuppen versteckt hatte, waren über Nacht gefroren und geplatzt. Tante Karin hatte das Bierversteck erschnuppert und war inzwischen bei Atom-Ragnar gewesen und hatte ihm verboten, Großvater Schnupftabak und Bier zu verkaufen. Strengstens verboten! Großvater musste vor jeglicher Versuchung bewahrt werden.

Großvater selbst machte einen verwirrten Eindruck. Wahrscheinlich waren seine Gedanken so verheddert und verknotet wie manchmal seine lange Angelleine mit den vierhundert Haken.

»Was hab ich nicht alles gemacht«, murmelte er vor sich hin. »Sogar einen Schneemenschen hab ich gespielt. Wer weiß, vielleicht *bin* ich ein Schneemensch?«

Währenddessen saß Kaspar in Großvaters Lieblingssessel in der Stube und las in dem Buch, das Tante Karin ihm geschenkt hatte. Er konnte es immer noch nicht fassen, dass Gott die ganze Welt in sieben Tagen erschaffen hatte. Unglaublich war das. Er selbst schaffte in einer Woche kaum sieben Pferdchen.

Planeten, Sonnen, Heuschrecken, Blumen, Kaninchen, Ratten, Berge, überlegte er. Und mich und Großvater. Schnupftabak? Hat Gott auch den Schnupftabak und das Bier erschaffen? Und den Schnaps, den Großvater am Mittsommerabend immer so gern trinkt, dass er anfängt, Lieder zu singen?

Sollte er Tante Karin fragen, ob Gott auch den Schnupftabak und das Bier erschaffen hatte? Aber dann würde sie sich vielleicht aufregen und wieder von der Sonntagsschule anfangen. Und was war mit dem Krieg? Mit Gewehren, Kanonen und Dynamit? Vielleicht war es die Schlange im paradiesischen Apfelbaum, die diese Dinge erschaffen hatte. Als Zusatz zur Welt Gottes. Vielleicht gab es vieles auf der Welt, was die Schlange erschaffen hatte, aber darüber stand nichts in dem Buch. Trotzdem, so war es wohl.

Kaspar klappte das Buch zu und blieb nachdenklich sitzen, den Blick auf den Weihnachtsbaum gerichtet. Plötzlich sah er hoch oben im Baum eine noch nicht abgebrannte Wunderkerze. Die musste Großvater an Weihnachten übersehen haben. Kaspar nahm eine Schachtel Streichhölzer, kletterte auf einen wackligen Stuhl und zündete die Wunderkerze an. Sie begann zu sprühen und zuckte und tanzte vor lauter Funken. In der Mitte glühte ein formloser Lichtklumpen, der ein eigenes Leben zu haben schien, eine magische Kraft. Schön war das, und der Duft erst, der war einfach wundervoll, ein echter Weihnachtsduft!

Plötzlich schwankte Kaspar auf dem Stuhl und stieß dabei den Baum an, der davon ins Wanken geriet. Die Wunderkerze schwang hin und her, löste sich vom Zweig und fiel direkt in Tante Karins Harmonium, das mit offenem Deckel dastand. Unten im Harmonium hüpfte die Wunderkerze zwischen den Blasebälgen und Pfeifen herum. Kaspar versuchte sie schnell herauszuholen und streckte seinen Arm so weit wie möglich in das Harmonium hinein, schaffte es aber nicht weit genug hinunter. Sein Arm war zu kurz. Die Wunderkerze funkelte, und bald begann es nach verbranntem Staub zu riechen. Eine Angelrute!, dachte Kaspar. Er holte eine und versuchte, die Wunderkerze damit heraufzuangeln. Auch das klappte nicht. Er stupste mit der Rutenspitze gegen die Wunderkerze, um sie irgendwie nach oben zu manövrieren, aber dadurch rutschte sie nur noch tiefer unter die Blasebälge.

»Was treibst du da drüben?«, rief Tante Karin aus der Küche.

»Nichts«, sagte Kaspar.

»Lass die Finger von meiner Orgel!«

»Klar.«

Plötzlich, mit einem dumpfen BUFF!, stand das trockene alte Harmonium in Flammen. Kaspar sprang zurück und schrie:

»Huhhh!«

Da kam Tante Karin in die Stube gefegt.

»Mein Harmonium!«, schrie sie. »In meinem Harmonium ist der Teufel los!«

Die Flammen flatterten schon wie fauchende Zungen aus allen Ritzen und Öffnungen. Schrille Töne stiegen aus dem Harmonium auf, es spielte seine letzte Melodie mit den Flammen, als wäre es lebendig. Kaspar starrte es an und dachte: Ein Drache – ein Feuer speiender Drache! Großvater fuhr von der Küchenbank hoch. Einen kurzen Augenblick lang standen alle drei nur da und starrten das in den Flammen winselnde und heulende Harmonium an. Der Rauch breitete sich dick unter der Zimmerdecke aus.

Inzwischen brannte auch der Weihnachtsbaum.

»Das ganze Haus brennt ab!«, schrie Großvater. »Wir brauchen Wasser!«

Tante Karin und Großvater holten einen Eimer Wasser nach dem andern und schütteten sie ins Harmonium. Kaspar dagegen stand nur da, wie erstarrt, unfähig, sich zu bewegen.

»Mehr Wasser, hol Wasser!«, schrie Großvater. »Schütt es auf den Baum!«

In dem Harmonium blubberte und zischte es, und allmählich wurden die Flammen kleiner.

Der letzte Feuerherd zog seine Zunge zurück und erlosch. Das Harmonium stieß einen lang gezogenen blubbernden Seufzer aus, dann war es tot. Mausetot.

»Potzsakrament!«, sagte Großvater rußig und verschwitzt. »Hast du gespielt, bis die Pfeifen geglüht haben?«

Aber Tante Karin sagte nichts. Ihr Gesicht sagte auch nichts. Es war wie erloschen, und ihre sonst so roten Wangen waren frostweiß.

Kaspar stand immer noch wie angewurzelt und hatte die Streichholzschachtel in der Hand.

»Was zum Teufel …!«, sagte Großvater und riss ihm die Schachtel weg. »Willst du uns alle umbringen!«

»Die Wunderkerze«, sagte Kaspar leise, den Blick auf die Füße gesenkt.

Großvater schleppte das Harmonium auf die Treppe hinaus, dann drehte er den Baum mit dem abgebrannten Teil zur Wand. Es dauerte viele Stunden, bis alles Wasser aufgewischt und der Rauch ausgelüftet war. Tante Karin sagte immer noch nichts, sie war wie vertauscht. Nur ihr Gesicht war, wenn möglich, noch weißer geworden, weißer als weiß. Es war, als wäre sie ausgelaufen und hätte nur eine leere Schale zurückgelassen, eine Tante-Karin-Schale – wie eine leere Orangenlimoflasche.

»Das war ein Unfall«, sagte Großvater. »Wir werden das Harmonium ersetzen, und wenn wir zehntausend Pferde schnitzen müssen.«

»Ich schnitz hunderttausend«, sagte Kaspar leise und fiel in einen tiefen Trog voller Gewissensbisse. Er sank, kriegte Bauchweh und begann zu weinen. Großvater tröstete ihn, so gut er konnte.

»Es ist doch noch mal gut gegangen. Das Haus ist nicht abgebrannt, *wir* sind nicht verbrannt, und es gibt Leute, die fabrizieren nichts anderes als Orgeln. Wenn wir zehn Jahre lang Pferde schnitzen, ist das neue Harmonium abbezahlt.«

Tante Karin sagte immer noch nichts.

An diesem Abend gab es kein Abendessen, kein Tischgebet, kein gar nichts. Tante Karin schien nicht in der Lage zu sein, sich zu bewegen. Sie saß nur da und starrte vor sich hin, den Blick weit in die Ferne gerichtet.

Kaspar tat das Harmonium leid, Tante Karin tat ihm leid und er selbst sich auch. Er weinte sich in den Schlaf. Großvater deckte ihn zu und ging dann nach draußen und sah nach, ob sich noch etwas an dem Instrument machen ließ. Er trat auf die Pedale, und ein dumpfes Blubbern erklang. Da war nichts zu machen. Das Harmonium war tot, mausetot.

Tante Karin blieb noch lange auf. Was sie dachte, wusste niemand. Aber schließlich kam es nicht jeden Tag vor, dass in ihrem Harmonium der Teufel los war.

Eure Karin

Als Kaspar am Morgen aufwachte, war es schon halb acht. Im Haus war es still, kein Klappern und Rumoren in der Küche. Immer noch hing scharfer Brandgeruch in der Luft. Kaspar weckte Großvater.

»Irgendwas stimmt nicht.«

»Was?«, sagte Großvater, drehte sich auf der Küchenbank um und zog sich das Kissen über den Kopf.

»Irgendwas stimmt nicht«, wiederholte Kaspar.

»Hier stimmt schon lange nichts mehr«, brummte Großvater.

Kaspar stand auf und ging in die Schlafkammer. Tante Karin war verschwunden, ihre Koffer ebenfalls. Auf dem Nachttisch lag ein Brief und darauf Kaspars Messer.

»Sie ist abgereist«, sagte Kaspar und reichte Großvater den Brief.

»Abgereist?«

Großvater hievte sich aus dem Bett, setzte die Brille auf und las laut vor:

»Ohne Harmonium kann ich nicht leben, das ist mein Lebenselixier. Ich habe den Morgenzug in die Stadt genommen. Wie ich euch kenne, kommt ihr bestimmt gut ohne Gottes Segen aus. Packt das Harmonium ein und schickt es mir! Vielleicht kann man es reparieren.

Eure Karin«

Großvater saß eine Weile mit dem Brief in der Hand da, dann sagte er langsam: »Wir sind vielleicht nicht besonders nett gewesen. Wir sind wahrscheinlich ziemlich böse gewesen.«

Kaspar nickte.

Dann nagelten sie die Kiste um die Überreste des Harmoniums zusammen und verfrachteten sie auf dem Tretschlitten zum Bahnhof. Sie war viel leichter als vor Weihnachten, klar, von dem Harmonium war ja nicht mehr so viel übrig.

Auf dem Rückweg vom Bahnhof schwiegen beide. Großvater fuhr ruhig, der Tretschlitten glitt leicht dahin. Nur wenige Schneeflocken schwebten in der Luft, als hätten sie sich verirrt. Plötzlich merkte Kaspar, dass er Tante Karin vermissen würde. Das überraschte ihn. Na, vermissen, ich weiß nicht, dachte er, das ist vielleicht nicht das richtige Wort. Aber es würde ein bisschen leer werden, das schon.

»Fleischwurst«, sagte Großvater plötzlich. »Jetzt kaufen wir bei Atom-Ragnar Fleischwurst. Dann fahren wir auf den See hinaus und angeln unseren Weihnachtshecht.«

Atom-Ragnar hatte gerade seinen Laden geöffnet. Er stand auf die Ellbogen gestützt hinterm Ladentisch und las in einer Zeitschrift.

»Fleischwurst«, sagte Großvater. »Und Schnupftabak und ein paar Flaschen Bier. Schreib erst mal alles an, die Holzpferde bring ich später vorbei.«

»Und Orangenlimo«, sagte Kaspar.

»Hier, schaut mal her!«, sagte Atom-Ragnar. »Das ist die neue *Welt der Wissenschaft*. Da schreiben sie über fliegende Untertassen. Bitte, hier sind Fotos!«

»Fleischwurst«, sagte Großvater.

»Außerirdische«, sagte Atom-Ragnar.

»Orangenlimo«, sagte Kaspar.

»Fliegende Untertassen«, sagte Atom-Ragnar.

Großvater versorgte sich selbst mit Fleischwurst,

Bier und Schnupftabak. Kaspar nahm eine ganze Kiste Orangenlimo.

»Ich glaube an fliegende Untertassen«, sagte Atom-Ragnar und blätterte in der Zeitschrift.

Großvater und Kaspar traten auf die Treppe hinaus.

»Jetzt fangen wir unseren verspäteten Weihnachtshecht!«, sagte Großvater. »Wo ist wohl der beste Angelplatz, in der Saxbucht oder im Grubbelgrund?«

Kaspar antwortete nicht. Er starrte das frostige Eisengeländer an. Streckte die Zunge heraus. Beugte sich vor.

»Nein, mein Lieber!«, sagte Großvater und packte ihn mit festem Griff am Nacken.

»Komisch«, sagte Kaspar und wand den Kopf in Großvaters Griff.

»Was ist komisch?«

»Warum würde nur ein Idiot die Zunge im Sommer ans Geländer halten?«

»Ganz einfach«, sagte Großvater. »Weil man dann nicht hängen bleibt.«

»Aha«, sagte Kaspar. »Wenn es keine Strafe gibt, ist es auch keine Versuchung.«

»Was für eine Strafe denn?«, fragte Großvater.

»Wie bei der Schlange im Apfelbaum.«

»Du meinst, als Gott den Garten Eden wegen eines einzigen Apfels zugesperrt hat?«

»Ja, genau«, sagte Kaspar.

»Daran glaub ich nicht«, sagte Großvater.

»Du bist langweilig«, sagte Kaspar. »Du glaubst ja an gar nichts.«

»Doch, an den Weihnachtshecht. Ich glaube an den Weihnachtshecht.«

Es waren Åhmans Gewässer und Åhmans Hechte. Aber Åhman würde kein Problem sein. Die Jagd auf die Weihnachtsbaumdiebe hatte ihm schwer zugesetzt. Vom vielen Skifahren hatte er sich den Hintern wund gescheuert. Jetzt musste er auf dem Bauch liegen und konnte sich nicht aus dem Bett bewegen.

Auf dem Siljansee herrschte eine friedliche Stimmung. Fast, als wäre Weihnachten. Die Wintersonne stand tief und schien mit goldgelben Strahlen. Großvater bohrte ein Loch ins Eis und warf seine Hechtleine aus. Dann machte er ein Feuer, auf dem sie die Fleischwurst grillten. Sie saßen auf dem Elchfell. Dass in dem Fell drei Löcher waren, mache nichts, sagte Großvater. Schließlich sei es nicht jedem vergönnt, ein echter lebendiger Schneemensch gewesen zu sein.

»Nein, ein echter Elchmensch«, sagte Kaspar.

»Hoffentlich hast du das alles überstanden, ohne Schaden zu nehmen«, sagte Großvater.

»Was denn? Was überstanden?«, fragte Kaspar.

»Na, Karin.«

»Klar«, sagte Kaspar. »Mir fehlt nichts. Ich bin nicht mariniert oder sonst was.«

»Gut«, sagte Großvater. »Und wir haben wieder ein Zuhause.«

Zwei Wochen später bekamen Großvater und Kaspar einen Brief, der in Stockholm abgestempelt war:

Hallo!

Ich habe so ein schlechtes Gewissen, weil ich euch einfach im Stich gelassen habe. Jetzt mache ich mir große Sorgen, wie es euch wohl geht. Ich vermisse euch sehr und verspreche, an Ostern wiederzukommen. Dann schicke ich eine große Kiste voraus, die ihr für mich am Bahnhof abholen könnt.

Eure Karin

Mikael Engström, geboren 1961, begann seine Schriftstellerlaufbahn mit Erzählungen für jüngere Kinder. Mit »Brando« gab er sein in Schweden preisgekröntes Romandebüt. »Ihr kriegt mich nicht« wurde für den Deutschen Jugendliteraturpreis nominiert. Nach »Kaspar, Opa und der Monsterhecht« folgt »Kaspar, Opa und der Schneemensch«. »Kaspar, Opa und der Feuerteufel« wird folgen.

Peter Schössow, geboren 1953 in Hamburg, gehört zu den wichtigsten Bilderbuchkünstlern in Deutschland. Für seine Arbeiten wurde er u. a. mehrfach mit dem Deutschen Jugendliteraturpreis und dem Troisdorfer Bilderbuchpreis ausgezeichnet.